本书获得甘肃省高等学校科研项目"甘肃当代文学精选与研究"

叶淑媛 ◎ 编著

诗学现场

甘肃当代文学作品精选与研究丛书

知识产权出版社
全国百佳图书出版单位

图书在版编目（CIP）数据

诗学现场 / 叶淑媛编著 . —北京：知识产权出版社，2016.12
（甘肃当代文学作品精选与研究丛书）
ISBN 978-7-5130-4555-1

Ⅰ. ①诗… Ⅱ. ①叶… Ⅲ. ①诗歌评论—中国—当代 Ⅳ. ①I207.22

中国版本图书馆 CIP 数据核字（2016）第 257326 号

内容提要

本书精选当代甘肃诗人的诗歌代表作进行评析，将鉴赏性批评与诗学理论结合在一起，从当代甘肃诗歌文本进入诗歌现场进行诗学的思考，也从诗学的思考进入诗歌文本进行鉴赏批评。在这样的双向互动中，一方面注意以点带面，展示了甘肃当代诗歌的面貌，并勾勒了甘肃当代诗歌的发展线索。另一方面将诗歌现场与诗学思考结合起来进行诗歌批评，表达了批评者的诗学观点。本书对认识和研究甘肃诗人诗歌创作及其当代诗歌的面貌都有意义，也体现了批评者的诗学观及融生命体验、诗化语言为一炉的批评风格。

责任编辑：张水华　　　　责任出版：刘译文

诗学现场

叶淑媛　编著

出版发行：知识产权出版社 有限责任公司	网　址：http://www.ipph.cn
社　址：北京市海淀区西外太平庄 55 号	邮　编：100081
责编电话：010-82000860 转 8389	责编邮箱：miss.shuihua99@163.com
发行电话：010-82000860 转 8101/8102	发行传真：010-82000893/82005070/82000270
印　刷：北京嘉恒彩色印刷有限责任公司	经　销：各大网上书店、新华书店及相关专业书店
开　本：787mm×1092mm　1/16	印　张：16.5
版　次：2016 年 12 月第 1 版	印　次：2016 年 12 月第 1 次印刷
字　数：240 千字	定　价：39.00 元
ISBN 978-7-5130-4555-1	

出版权专有　侵权必究
如有印装质量问题，本社负责调换。

这是一部关于诗歌的选读与批评,

叙述她的灵魂在佳作之间的奇遇,但并非

纯粹的感性批评,她用创造性的心灵

追求诗学的精深。

前言：诗学现场之思

诗歌最能反映时代的精神风貌，也是一个时代文学价值的重要衡量标尺。深入具体历史时期的诗歌现场，在大量诗歌作品的研读中去观照一个时代之诗歌面貌，无疑是一种最为接近其时诗歌状况及其时代精神的方式。当然，时代精神和诗歌面貌必然是由具体的一首首诗共同承载和反映出来的。这意味着诗歌批评不应该是凌空的理论指导，而应该是在诗歌现场对具体诗歌文本的感受和评析中进行的诗学思考。基于这样的认识，本书期望在诗歌现场和诗学思考这两重视界的互动中来进行诗歌评析和批评理想的建构，并在诗与灵魂相遇的生命体验里，以诗化语言进行诗歌批评。其立足点是从诗歌现场出发进行诗歌批评，同时希望批评凝聚的诗学思考是对诗歌现场的回照，给予诗歌创作以启示。所以，提倡从诗学现场出发有两层含义：一是回到诗歌本身，所有的感受来源于诗歌文本；二是诗歌批评是源于具体诗歌的诗学思考，这种诗学思考有利于再回看诗歌现状。从诗学现场出发也就意味着一个环形的批评思维。本书主要考察甘肃当代诗歌，但由于甘肃诗人群体庞大、诗歌整体创作水平在全国诗坛亦属较高水平，故这些精选出来的诗歌，能在一定程度上反映当代诗歌的面貌和创作水平，也可以从中大致观照时代的表情。也希望能大体上窥斑见豹，对中国当代诗歌的状况有所了解。笔者也力图表达自己的诗学观、诗歌精神与诗歌价值、有效的诗歌批评和甘肃诗歌发展衍变等问题的思考。

一、诗歌价值与诗歌精神

这里又一次提出诗歌精神与诗歌价值这个老生常谈的问题，是针对当下诗歌的表现而言的，要从以下两个方面来谈。

（一）新世纪诗歌的面貌

总体上来说，新世纪以来不乏好诗人和好诗的存在。但与20世纪80年代、90年代前期的诗相比，还是有明显的区别性特征，表现为两种明显的症候。

其一，现实关怀的遁隐和自恋的灵性写作泛滥。自20世纪90年代中后期的"盘峰论争"以来，诗歌精英内部的分裂让新诗走向两个方向：一部分诗人继续寻求新诗的现代化，在向西方诗歌的借鉴和学习中追求自我的纯诗艺术；另一部分则强调公共性，主张诗的"口语化"和"民间"立场，来为民间立言。在这两个向度上，都有优秀诗人留下了杰作。但从诗坛发展至今的总体面貌来看，无论坚持自我的诗歌还是强调公共性的诗歌，总体上更多的诗人抒发的是"我"的情绪和"我"的生活片段，大量的满怀自恋的灵性写作中不乏才华横溢的作品，但是生活本质和深隐的矛盾皆被避而不谈，从而使诗歌的力量那样的"轻"。有人认为，这也许和时代的氛围有关，一个自我受到高度强调的"小时代"里，必然张扬的是个人的趣味和冷暖酸甜，而且倍感真实。谈论社会的、历史的、民族的等大的命题反而让人们有虚无之感。可是，诗歌的追求就是基于个人世俗生活体验的"真实"吗？这需要质疑。一方面，诗应该是个人化的真实情感的流泻；另一方面，缺乏对人的精神的深层现实的光照，这样的"真实"无非是诗人为其精神的肤浅、贫乏辩护的托词。而人们在读了太多抒发小触动、小情绪的诗之后，因为它们的面目相似而让人不再感动。不再感动人的诗肯定不是好诗。我想，这样的诗即使在诗歌艺术上值得称赞，但仍然是缺乏诗歌精神的诗。

其二，"草根诗歌"的时代印痕价值与审美的粗糙。关于诗歌的"草根性"，先是2003年诗人杜马兰在《上海文学》第9期"水心"栏目发表"诗观"，倡导"回到诗歌的草根年代"。此后，诗歌的"草根性"成为新世纪以来的一个诗学命题，关于草根诗歌、诗歌的"草根性"这些内涵有争议的命题不是此处探讨的重点。这里借用这个命题只是描述近年来诗坛的一种创作状况，即在专业的诗人群体之外，大量业

前言：诗学现场之思

余诗人诗歌的写作状态。他们的诗主要借助网络时代众多自媒体和新媒体来发表，并进行广泛传播。关于草根诗歌对于当代诗歌的价值，张清华说："从重要性上看，我甚至觉得，余秀华的诗歌比一个专业性更好的诗人的作品要重要得多，因为她更能够成为这个'时代的痕迹'。"①是的，郑晓琼、余秀华们的底层写作，确实写出了一些感人的、与这个时代的生活密切联系、有痛感的作品。由于诗人能够以诗歌处理当下的生活，一定程度上将"我"的悲喜与世界的荒谬联系在一起，以一定的"反讽性"突破了"自我"的黯然神伤，写出时代的特征，就已经是对诗歌精神的拔扬。这是草根诗歌不可抹杀的价值。但同时，我们还看到，网络时代草根诗歌的低门槛，使诗歌写作变得随意和粗糙。当然，必须看到被认可为草根诗人的，如余秀华，在诗歌的艺术上还是有一些专业性的，他们诗歌的草根性并不意味着美学趣味的完全平民化。不论如何，鉴于草根诗歌的兴盛引起的诗歌标准的混乱，也迫切需要重提和思考诗歌价值。

（二）诗歌价值与诗歌精神

诗歌价值如何判定？宗白华说："我想诗的内容可分为两部分，就是'形'同'质'。诗的定义可以说是：'用一种美的文字——音律的绘画的文字——表写人的情绪中的意境。'这能表写的、适当的文字就是诗的'形'，那所表写的'意境'，就是诗的'质'。换一句话说：诗的'形'就是诗中的音节和词句的构造；诗的'质'就是诗人的感想情绪。所以要想写出好诗真诗，就不得不在这两方面注意。一方面要做诗人人格的涵养，养成优美的情绪、高尚的思想、精深的学识；另一方面要做诗的艺术的训练，写出自然优美的音节，协和适当的词句。"②宗白华对诗的定义，实际上也说出了构成诗歌价值的两个层面：一是诗歌的精神内涵，也可以称为诗歌精神；二是诗歌的美学韵味。

---

① 张清华：《草根诗歌是这个时代的痕迹》，http://www.chinawriter.com.cn 2015-02-13。
② 宗白华：《新诗略谈》，《少年中国》1920年第1卷第8期。

关于诗歌的美学韵味，是一个复杂的大问题。这里只能指出当代诗歌缺失美学韵味的表现：一是语言的粗鄙和平面化。许多"诗"的语言是粗糙而干枯的，形象性不够，灵性也不足，诗的意义是平面化的、单一性的。而诗歌价值的规定性要求诗是要以有限的语言形成多重意味的回味空间，也即形成诗歌意境。二是诗缺乏高度的想象力。想象是诗歌思维的主要特征，没有独特的想象，诗歌必然是一副平庸的面孔。它使诗人个性泯灭，这也是造成诗歌千篇一律的主要原因。三是缺乏声情之美。现代诗脱离了古体诗，并不意味着不再重视格律押韵而可以随意摆放词语和句子。其实，诗歌起源时是可以歌唱的。诗歌艺术的意蕴具有复合性。"拿一首诗来说，它的文辞传达一种意蕴，它的音韵也传达一种意蕴；前一种意蕴，中国古人称之为'辞情'，后一种意蕴，中国古人称之为'声情'。任何一首诗或一篇散文的意蕴都是'辞情'和'声情'的统一。""清代美学家刘熙载在他的《艺概》中讨论过这个问题。他指出，'诗'和'赋'的一个区别，就在于'诗辞情少而声情多，赋声情少而辞情多'。诗重'声情'，这是诗的美学本性。"[①]对于现代诗来说，其音乐性虽然没有严格的模式，但诗歌内在的情感节奏仍然要通过句式和语词的排列组合形成声情之美。也就是说一首诗在读出来的时候，它的节奏和语词也是美的。声情之美是对诗歌的本质要求。

不过，当下诗歌的价值判定，更多地要参考诗歌精神。因为现代汉语诗在经历一个世纪的发展之后，好诗人还是能够把握诗歌的语言、结构、组织等艺术要旨，达到"完满诗的艺术"。但诗歌精神则意味着诗人的人格养成和境界，决定了诗歌的高度，是当下诗歌最需要重视的问题。

何谓诗歌精神？这是个不能形成一言以蔽之的问题，只能以列举和阐释形式略述一二。而且，这里对诗歌精神的阐释，更多地着眼于对诗人写作姿态的一种审视。因为诗人理解世界的深刻程度和诗人的精神境界的层次决定他的诗歌精神的高度。

2006年，王家新在北京大学做了一场名为《诗人与诗歌精神》的演

---

① 叶朗：《诗重声情》，《中华诗词》2015年第7期。

前言：诗学现场之思

讲，时迁十年，仍然有许多启发①。比如，王家新以叶芝的《柯尔庄园的野天鹅》为例说："诗人要做的，就是在时间的流逝中，把人生的美和价值挽留在'一首诗'中。"②意即诗歌精神意味着一种"挽歌"式的高贵的忧伤。王家新还以里尔克式的孤独，说明诗歌精神也是诗人在孤独中完成自我而昭示的一种严肃、深刻意义上的人生，这需要诗人投入自我的生命，是一种自我牺牲；他以帕斯捷尔纳克来指出诗人要承受名誉的冰雪、经风沐雨，写出历史和人世的沧桑感，像阿赫玛托娃那样，使诗歌成为一个民族、一个时代的文化记忆。王家新也以扎加耶夫斯基的《飞蛾》为例，指出诗歌精神意味着注视一种生命存在时，深入到为灵魂一辩或者审判，这意味着诗歌的良知。王家新对诗歌精神的阐释，无疑具有启发性。这些对于当下的诗歌创作中"小我"的泛滥、"表皮的疼痛和即时性的日记景观，而非灵魂的激荡"③现象有警醒意义。用这些诗歌精神的璀璨"星光"，辉映诗人的诗性人格，照亮诗歌的天空是多么值得尊敬的事情。从人类共同价值的层面来看，这些诗歌精神是诗之所以为诗的本源。

王家新列举的诗歌精神基本是以西方现代诗歌为参照的。中国现代新诗深受西方诗歌的影响，形成五四运动以来区别于中国传统诗歌的新的文学传统，成为汉语新诗的一个重要组成部分，当代一些优秀的诗无疑体现了这些诗歌精神。

从中国传统诗歌精神的继承和变革的视角来看，当下诗歌一定程度上也显示了可贵的诗歌精神。比如人伦温情在西方的诗歌中并不很受重视，但它是中国诗歌精神中的一个传统。当下有些诗在对友谊、家庭、日常生活的重视中，细腻真切地表达自己的、也能触动每个普通人的情感，淳朴自然打动人，其中当然贯穿了诗歌精神。不过，有些此类诗歌常常将人伦亲情表达为没有诗美的唠叨絮语。

但从整体观照，当下诗歌中的中国古典诗歌精神是匮乏的。原因是

---

① 王家新：《诗歌与诗歌精神》，《晚霞》（下半月刊）2008年第2期。
② 王家新：《诗歌与诗歌精神》，《晚霞》（下半月刊）2008年第2期。
③ 霍俊明：《诗歌有自己的命运》，《华西都市报》2016年3月27日。

当下诗歌的精神内蕴与中国古代哲学有隔离和隔膜。而中国古典诗歌精神与中国古代哲学之间有密切的关系。在人与自然的关系上，中华民族的审美理想与审美追求，是主体精神与客体自然美的和谐统一。"哲学形态的山水探索、伦理形态的山水观照、艺术形态的山水创作，是中国山水诗的'原型'之所在。"[①]在人与社会的关系上，"诗以言志""兴观群怨"以及对人格美的追求和赞赏，赋予诗歌政治学和伦理学意义上的精神高度。在人与人的关系上，最高审美境界与最高道德境界的合一成为诗歌中一条奔流不息的长河。禅宗空灵澄澈的诗化世界更是诗歌追求的至境。总之，中国古典诗歌因与中国古代哲学的密切联系而有了高远的审美境界。

　　中国古典诗歌的诗歌精神在当下呈现出明显的裂变，表现为现实性与古典审美精神的分裂。例如，以田园生活的诗意向往和书写乡土的艰辛苦难为抒情对象的诗，如果缺失了现代眼光的审视会让人感到现实性缺乏的"天真"，以田园的自由和悯农的情怀来书写又达不到古典诗歌的完整自在，并且常停留于表面化。例如，写自然山水的诗，很难再进入李白、陶渊明式的人与自然亲密无间的契合状态，原因是无孔不入的现代性与乡土田园、自然山水的裹缠纠结中产生的许多问题得不到深入认识，诗人的内心世界经常是困惑的。屈原、杜甫的家国忧患意识更与当下世界的荒诞不相匹配，从而使诗歌遭遇表述的尴尬。这样的裂变不是现代汉语与古诗词语言表达的区别问题，而是诗人们的价值判断问题。学者张柠曾说："中国当代作家创作的技术没有问题，问题在于没有价值上的'总体性'，缺少对人和世界整体理解的确定性，价值观念极其混乱，以至于能不能对事物给出判断，这一重要的事情变得不重要了。"[②]这段话是谈中国当代文学精神的裂变，更多的是针对小说，其实对于诗歌也一样。没有了价值判断，当然无法有高远的精神旨归，相应地，诗也就缺失了中国古典诗歌中高远的精神境界，也难再有"言有尽而意无穷"的审美意境。

[①] 庄严、章铸：《中国诗歌美学史》，吉林大学出版社1994年版，第9页。
[②] 格非、张柠：《当代文学的精神裂变》，《文艺报》2012年9月10日。

前言：诗学现场之思

中国古典诗歌精神的裂变是一个大问题，一时半刻得不到解决。只要诗人的价值判断不能明确，找不到在哲学意义上的精神归宿感，这个问题就不能解决。这也是诗、文学以及时代的整体性问题。

诗歌精神是一个抽象的话题，它只能在具体的诗歌文本中表现出来，一个时代的诗歌精神达到了怎样的高度则必须在大量的诗歌作品组成的文学现场去观照和体会。笔者在选评诗的时候，也在体味和理解诗中贯穿的诗歌精神。每首诗歌的精神内涵是不一样的，但起码可以看到诗人写作时的状态，看到诗人有真诚的情感和人文关怀。所以，笔者认为它们都贯穿了一定的诗歌精神，有对人的生存境遇的照亮的精神意义。

加桑·扎克坦在《一如流亡者的习惯》一诗中写道："我们算谁/可以去厌恶我们不得而知的事/我们算谁/可以爱上与我们无关的事情。"我想，这个"谁"应该是所有人，但诗人更能成为这样的"谁"。也就是说，诗人并非只在自我的世界里，为切己的事情关心和爱憎。诗人将自我、生存、历史、时间、当代，包括日常生活都紧密缠绕在一起。这种写作姿态正是一种对诗歌精神有自觉意识的写作。也许，它可以给陷入"小我"自恋的当代诗歌写作提供一些精神的振奋。

二、诗与灵魂的相遇、文本细读的诗歌批评

（一）诗与灵魂的相遇

有了诗与灵魂的相遇和交会，然后方能进行兴味和批评。李健吾说："诗把灵魂给我。诗把一个真我给我。诗把一个世界给我，里面有现实的憧憬，却没有生活的渣滓。这是一种力量，不像一般文人说的那种空灵，而是一种充满人性的力量。人性是铁，诗是钢，一点点诗，作为我生存的锋颖。我知道自己俗到什么样无比的程度。人家拿诗来做装饰品。我用它修补我的生命。"①

李健吾是一位杰出的评论家。他说出了诗之于人的意义。诗歌滋润

---

① 李健吾：《序华铃诗》，《李健吾批评文集》，珠海出版社1998年版，第153页。

和丰富人的心灵，是人的灵性和创造性力量冲撞激荡的表现。诗应该是人丰富的心灵、灵性和灵魂的富有创造力的表达，同样诗歌批评也需要用灵魂去倾听，然后以灵性和创造性来表达。李健吾在他的著名的批评文章《自我与风格》里引用了法朗士的话："好批评家是这样一个人：叙述他的灵魂在杰作之间的奇遇。"[①]诗歌与评论家之间的关系就应该是：一方面它是诗人灵魂的诉说，另一方面评论家也必以灵魂去交会，方得两相怡然。

评论家是以自己的灵魂与诗相遇，在相遇里悸动、欢喜、澄明、本真，感慨良多又得以安然。在本书中，评析者把这样的相遇用文字写下来，形成每一首诗的评析。这样阐释"灵魂相遇"的感受是不是抵达了诗的核心，或者符合诗人赋予诗的本义，或者也对应于其他读者对诗本身的理解，这都不是最重要的。重要的是用自己的心迹和生命体验去理解每一首诗，是真诚的理解，绝非顾言其他的花言巧语。而一首诗呈现出来，本身也应该有朦胧而多重阐释的意味，给人们丰富的理解空间，否则它也不是好诗。还是用李健吾的话来说：

"诗是灵魂神秘作用的征象，而事物的名目，本身缺乏境界，多半落在朦胧的形象之外。所以梵乐希说：

'一行美丽的诗，由它的灰烬，无限制地重生出来。'

一行美丽的诗永久在读者心头重生……"[②]

所以，这本书中的诗评虽然是个人的理解，但并非是对一首诗意蕴的定位，而是阐释构成这首诗的语词之间有无相生中的丰富假设和可能性。就像海德格尔对荷尔德林的阐释，就像李健吾对卞之琳的阐释，是否恰当、是否成功都不重要，只是一次阐释的奠基而已，因为被阐释的那首诗具有不可阐释的定力、魅力、召唤性、诱惑性。无论如何，好诗最隐秘的部分，需要一定的诗歌经验和诗学修养的积淀才能进入。所以，以对诗歌常年阅读和中外诗学思想的学习思考，期望这些阐释在某

---

① 李健吾：《自我与风格》，《李健吾批评文集》，珠海出版社1998年版，第183-184页。
② 李健吾：《自我与风格》，《答〈全目集〉作者》，《咀华集》，人民文学出版社2001年版，第102页。

前言：诗学现场之思

个角度切入了诗的较为深入的层面，而并非只停留于初步的感性的鉴赏，因为诗歌的选择和评析也是在诗学观念的指导下进行。本书命名为《诗学现场》，既要将鉴赏性批评与诗学理论结合在一起，从当代甘肃诗歌这个诗歌现场进入诗学的思考，也从诗学的思考进入诗歌文本的鉴赏，体现批评者的诗学观，包括对诗歌价值的理解以及如何进行诗歌批评的尝试。

（二）诗歌的文本细读

自20世纪五六十年代英美新批评主义进入国内文学界以来，文学研究中对文本细读的倡导和呼喊不绝如缕。但是，至今它仍然不被大多数批评家重视。究其原因，不外乎两个：一是不屑，二是不敢。不屑者认为文学批评还是要有大的视野和理论高度，文本细读是琐碎的。但问题是，大的视野和理论都要建基于具体的大量的作品之上。更何况，文本细读是文学研究的起点和基础。再说不论文学研究深入到哪个程度，始终要面对文学作品。所以，文本细读是起点也是高点。不敢进行文本细读的情况也是普遍存在，因为对于一个具体文本的阐释和评价经常是具体化的、个人化的，你不能保证每一个文本的阐释都做到最好，别人看你的缺陷一目了然，很容易被诟病。而大概言之的评论总是最为讨好，因为似是而非而有了许多迂回和避免尴尬的余地。在长期的教学实践以及与许多热爱诗歌的普通读者的交往中，他们经常反映读不懂现在的诗，尽管喜欢诗，却不知道什么是好诗，一首诗的好体现在哪里。这与诗歌素养的缺乏有很大的关系，没有一定的诗歌阅读经验和诗学修养，当然感受不到诗歌的美妙。而诗歌文本细读，是提升诗歌阅读经验和素养的唯一的途径，通过长期的文本细读，就能慢慢地在阅读中把文本里蕴藏的丰富的信息和能量释放出来，从而与文本形成对话关系，读者也才能进入诗歌和被打动，然后感受到一首诗的好，所谓"观千剑而后识器"。

但本书中文本细读的诗歌批评不等同于英美新批评主义那种将诗歌肢解为具体词句、从形式决定内容的角度去评析和理解诗的方式。这里的文本细读经常是将诗的情感线索贯穿在词句、修辞、意象的分析中去整体把握一首诗，也经常将自己的直觉印象和生命体验投射在一首诗中去理解、阐释和评析。这样的诗歌批评深受李健吾的影响。

20世纪中国文学批评史上，李健吾和他的《咀华集》为诗歌评论树立了一种典范。李健吾的批评不止于诗歌，还有对沈从文、巴金等人的小说的批评。一般来说，不论诗歌批评还是小说批评，他的批评总体上被认为是印象主义的。但是，通观李健吾的批评，就会发现他在自我的印象之中也在追求学者的精深境界。李健吾说："一个批评家是学者和艺术家的化合，有颗创造的心灵运用死的知识。他的野心在扩大他的人格，增深他的认识，提高他的鉴赏，完成他的理论。创作家根据生料和他的存在，提炼出来他的艺术；批评家根据前者的艺术和自我的存在，不仅说出见解，进而企图完成批评的使命，因为它本身也正是一种艺术。"[①]这意味着李健吾既追求艺术家批评的自我风格，也追求学者的深厚的学理。李健吾的批评特点从三个方面表现出来[②]：第一，不是判断。李健吾主张艺术首先是直觉的产物，反对任何理论霸权，避免让批评变成"名词的游戏"，也反对任何直接艺术的行为。批评也具有艺术创造性，但批评的出发点不仅仅是判断一部作品的优劣，更在于能否表现自己的追求。第二，文学批评不代表一个终极的看法或一个公认的准则。一种批评不排斥另一种批评，批评作为自我的一种心灵活动，并非完全切合作品的正确的解读活动，它是自我的一种体现。第三，不仅是印象的。批评固然离不开印象，但批评之印象也要"比照人类以往所有的杰作，用作者来解释他的出产"，也就是也要与人类的经验和作者的经验融合起来。印象是立论的依据，而深厚的学养才能完成对印象直感的学理化提升，从而把批评提高到能够正确揭示作家和作品特点的高度。而从李健吾文学批评的自我表现来看，批评成为验证批评者人生体验的实践活动，烙下了自我深深的生命印迹。

李健吾的文学批评是一笔重要遗产，对于深陷于理论探讨的学院批评者而言，尤其具有借鉴的意义。所以，本书在诗歌的批评中注重当下优秀的诗歌文本的语言生成，并立足于印象，融汇生命体验去解读每首诗，然

---

① 李健吾：《咀华集·跋》，《咀华集》，人民文学出版社2001年版，第122页。
② 刘锋杰：《中国现代六大批评家》，北京大学出版社2005年版，第231–241页。

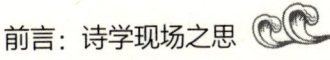

后贯穿一些诗学理论去概括每位诗人及其作品的特点。不论批评的效果如何，诗与人的相遇本来也是修补自我、丰富和提高自我的过程。

三、甘肃当代诗歌的图景和价值

甘肃有诗歌大省之美誉。不论从诗人阵容，还是从作品的数量质量讲，这个评价都不是过誉。诗歌大省首先体现在甘肃诗人群体人数众多，阵容强大。至今在全国各种正规出版物发表过诗歌的甘肃诗人已达300多位，并出现了一批享誉全国的知名诗人，形成了甘肃诗坛龙腾虎跃、生机勃勃的局面。甘肃诗人亦成为中国当代诗坛不可忽视的一支重要力量，为中国当代诗歌创作注入了活力。其次，新时期甘肃诗歌创作实绩是引人瞩目的。在鲁迅文学奖诗歌评奖中，有4名甘肃诗人获此殊荣。军旅诗人王久新、辛茹同时获得第一届鲁迅文学奖优秀诗歌奖；李老乡、娜夜同时获得第三届鲁迅文学奖优秀诗歌奖。而在历届全国少数民族文学奖（"骏马奖"）评奖中，东乡族诗人汪玉良获得诗歌一等奖3次，马自祥获得1次；藏族诗人伊丹才让获得2次，丹真贡布获得1次，裕固族诗人妥清德获得1次。他们为甘肃少数民族文学赢得了巨大的荣誉。可以说，迄今为止全国各类诗歌奖项中都有甘肃诗人的名字，各种诗歌选集都不缺甘肃诗人的作品，这些都是甘肃诗歌强劲实力的表现。诗歌大省的赞誉实至名归，早已是文坛共识。所以，对甘肃当代诗人所取得的成就及其价值予以充分的肯定，对其历史发展和面貌进行及时的回顾和探讨，也是十分重要和有意义的。

本书以选评本的形式，以点带面呈现甘肃当代诗歌的发展及其面貌，并力图凸显出三个方面的价值。

（一）甘肃当代诗歌的价值

从对诗歌精神的弘扬来看，老诗人唐祈、杨文林、伊丹才让、高平、李云鹏、何来、李老乡、彭金山等人的诗让人深有感触。他们诗中的力量是撼动人心的。从他们的佳作中，我们感到诗人内心的热情、激情和理想，看到时代的社会画面和心理情感，体会到诗人对历史、社会、人生、民族、国家的思索、审视和自省，感受到对人的关心，而非仅仅停留于个人的悲欢离合。他们用诗表达人的尊严和共同价值。他们的诗告诉我们：诗歌虽然在艺术上是高蹈的，但应该与现实紧密相连，充满对人生存的同情。所以，诗人在交出自己真诚的心的时候，也和众多人的心联系在一起。记得采访李老乡先生时，他说："当下的诗歌无论怎样繁盛，最大的问题是脱离生活。"这并非要求诗人扮演平民的代言人角色或者注重琐碎的生活，而是指诗人应该意识到，好的诗歌往往将个人情绪延展深入到掩藏在生活表象之下的人的欢乐与悲痛中，去感受世界的美好与荒诞，要对人类共同性的层面、超越性的层面致以关注和关怀。确实，诗人内心深处若没有为人的存在苦痛与欢乐的悲悯，诗歌就不过是一种粉饰。何来先生在《未彻之悟》中所说"诗人用借来的泪水/急忙化妆自己的感情"，就是对虚假的表面化诗歌写作者的讽刺。

20世纪90年代后期至今的中国诗歌，在语言和艺术形式方面有进一步提升，对现代汉语诗歌的形式之美的提升是有贡献的，诗歌风格也更加多样化和个性化。但总体上激情消退，诗人们更多地回到对自身生命体验与沉思的书写。这可能是诗人们身处一个注重个人细腻的内心体验的新时代中的共性，甘肃诗人当然不可避免。不过，由于甘肃地域自然环境的严酷和历史文化的丰富、厚重与沧桑，甘肃诗人的生命体验充满坚韧顽强的力量、历史文化的苍茫，以及历史和当下勾连牵扯中的忧伤。这些，为他们的诗赋予厚重的内涵，以及一种深刻意义上的光辉。这无疑是张扬着诗歌精神的。而在诗歌艺术上，甘肃诗人更表现出孜孜不倦的探索。在个体的诗人及其诗中，体现出个体的诗歌精神和美学特色：阳飏和叶舟的诗都高扬想象力，并在诗中浸润生命意识、文化意识和当代使命感。在个人风格上，阳飏的诗磅礴高远，叶舟的诗丰富恣肆。他们的诗都属于有难度的诗，以浓厚的人文关怀显示着诗歌精神和对诗歌艺术的探索革新。古马的诗穿透历史和现实，进入了西部地理和历史文化的内核，有时苍凉幽古，有时温热纯净，或者二者兼而有之，简约精练中有澄明敞开的回味之境。胡杨的诗里有对辽阔西部土地的惊叹，有生命在严酷的自然中的坚韧与顽强，还有人与自然相互塑造的启

前言：诗学现场之思

示。牛庆国的诗中乡土生活的苦难有着贴近大地和农人的真诚，高凯的诗的乡土体验则表现为乡土生活的活泼与生活情趣，从而将乡土曾经的美和价值挽留在了诗中。人邻的诗继承了中国传统诗歌精神并成功地得以艺术呈现，这对于当代诗歌与传统之间的有效关联有重要的意义。阿信的诗语言简洁蕴藉，有高贵与宏富的精神，风格纯净静穆。娜夜的诗写她的日常生活、亲情、友情、自我、人在自然中的体验等，以自然隽永的语言超越个人生活，在她的诗中找到你我的影子而具有了普遍性，并获得一种热爱、感动、自省和丰富感，这是她的诗歌的深刻意义。于贵锋的诗非常独特，他的诗是甘肃诗歌中接近现代主义诗歌气质的诗，冷峻、幽深、批判、坚守、象征等，使他的诗有一种现代生活之"思"和痛的感受，令人印象深刻。扎西才让的诗有草原的辽阔、野性的力量，在这种力量里有对藏族文化和地域风物的深透把握，有文化地理学书写的意义，而艺术表现的贴切可以用"精准"二字来概括。梁积林的诗辽阔浑厚，艺术心灵与宇宙意象的相入令人赞叹，体现了对生命情调和艺术意境的追求。马萧萧的诗童心灵秀，清新自然，有一种属于南方的诗味，因而在甘肃诗群中显得很独特，而这样的诗历来是最接近诗美的诗。其他诗人的诗也都可圈可点，在本书中都有详细的评析。

总之，甘肃当代诗歌创作的价值，就在于对诗歌精神的追求和诗歌艺术的探索，体现了诗的精神价值和审美价值的统一。

（二）甘肃当代诗歌的地域文学史价值

近些年来，全国地方性诗歌团体兴盛，意味着诗人们对所谓核心、中心引导的弱化，也是一种文学和文化自信的上升。立足于审视地域文学图景和促进地域文学发展，笔者在进行诗歌选评时，力图梳理与勾勒甘肃当代诗歌的发展轨迹和面貌，主要将两个维度结合起来进行：一是采取地域文学史的视角。甘肃当代诗歌肇始于20世纪50年代，其时著名诗人李季、闻捷先后来到河西走廊一带工作。李季在玉门油田以"石油诗"的创作在全国掀起了工业题材诗创作的高潮，闻捷则以"河西走廊行"的诗作反映一个时代的人们热火朝天的建设热情。李季、闻捷的诗是甘肃当代诗歌的起点，此后甘肃大地上老中青诗人群体形成了代际梯队式的良性发展，每一代优秀的诗人都写下了许多诗歌佳作。本书选择了42位诗人的代表性佳作进行选评，按照诗人出生年月的先后排序，基本上能反映新中国成立至今60余年来甘肃诗歌的面貌和发展轨迹，因而具有一定的甘肃当代诗歌史的意义和价值。二是以点带面，力图展示甘肃当代诗歌的整体面貌。这42位诗人作为甘肃当代诗歌史上的一个个点，每位诗人选择2~5首诗进行选评，选评的依据是：诗作长时间内受到高度关注且具有诗人代表作的性质，诗与笔者灵魂相遇的交互欢喜，同时也注意收入诗人在不同创作时期有新变化的诗作。这样选评可以尽量反映诗人的创作个性和诗学探索。对于读者，则一方面可以了解每一位诗人的诗，另一方面也从全书的诗作中大致形成对甘肃当代诗歌面貌的观照。当然，这样的以点带面是有局限性的。故还向读者推荐了诗人们的扩展性阅读书目，便于更为全面地了解自己喜欢的诗人。

这两个维度的结合，也是力求史与论的结合，力图在展示每位诗人的诗歌艺术和个性的同时，大致勾画出甘肃当代诗歌的面貌及其发展史。出于这样的想法，对其中已经进入文学史经典的诗人以及文学现象，如唐祈与九叶诗派、新边塞诗派，摘录了文学史的评价和相关资料背景。总之，一定意义上的地域文学史的价值是出版这本选评著作的期望。而由于笔者阅读范围和时间精力的限制，还有许多优秀诗人未能选评，心中未免歉意。另外，由于甘肃80后、90后诗人的创作还需要一定的时间沉淀，故未进行选评。

（三）甘肃诗人创作的价值

在喧嚣的当代诗坛，甘肃诗人的实力和创作成就是令人瞩目的。但是，在诗坛的热闹里，甘肃诗人都多么的安静。这样的安静也许正成就了好诗和好诗人的孤独。我想，真正的诗心都是孤独的。美国女诗人艾德丽安·里奇（Adrienne Cecile Rich，1929—2012）在《歌》中写道：

如果说我孤独
那必定是那种孤独：
第一个醒来，呼吸到全城

破晓时分第一口寒冽的空气
第一个醒来,当全屋子的人
都蒙着头在昏昏沉沉地酣睡

如果说我孤独
那也是一条冻结在岸上的小船
映照着岁暮的最后一抹红霞
它知道自己是什么,知道自己
既不是冰也不是泥和冬天的寒光
而是木头,生来能炽烈地燃烧。

诗人是最具有这种孤独气质的人群。因为孤独才会让生命更成熟、更敏锐、更深刻,更能面对自我与世界的本真,从而完成一种丰富而燃烧的生命。我想,甘肃诗人的安静里,多少有一些这样的孤独,许多诗人都是坚持创作了二三十年,在安静的孤独里热爱诗歌也热爱着生命的丰富,这也是他们的诗歌创作取得成就和令人崇敬的原因。身处甘肃甘南草原的诗人阿信有一首名为《山坡上》的诗:

车子经过低头吃草的羊们
一起回头——

那仍在吃草的一只,就显得
异常孤独

这首诗写草原某一刻的画面,却触到了时代的氛围并进行了价值判断,以一种可贵的诗歌精神实现了以小见大的超越。

当然,以上对甘肃诗人的诗歌进行了充分的肯定,并不意味着甘肃当代诗歌全部是好的。应该说,中国当代诗歌中存在的问题在甘肃诗歌中也都存在,特别是模式化写作和炫技性创作的问题在甘肃诗歌创作中比较突出。也希望诗人们能重视这些问题。

最后，由诗人的孤独这个话题我想又延展到诗歌价值的确定这个问题。还是想起里尔克。他在《我在这世上太孤独》一诗中写道："我在这世上太孤独，但孤独得/ 还不够 /使这钟点真实地变神圣。/我在这世上太渺小，但渺小得 /还不够 /成为你面前的某个事物，/ 黑暗而轻灵。"是的，诗人是孤独的。但是，诗人也需要来到你面前，成为你面前的某个事物，从而"成为那些知情者之一""能够真实"地描述自我，靠近自我。在这里，令人沉思的是：诗人所说的"你"是谁？是诗神？是上帝？抑或一个灵魂的对话者？都是，而且"灵魂的对话者"更为重要。也就是说，孤独的诗人也需要读者，否则孤独会陷入虚无。其实，写作者特别是诗人都是敏感的，时常在自我质疑和虚无感中挣扎，特别是在这个喧嚣浮躁的时代，诗歌高远的诗性精神追求远没有拥抱世俗名利那样实在和有力量。但我们需要一种力量，去确定诗的意义，写作的意义。这种力量应该源于诗与灵魂的对话者心灵交汇时的闪光。诗人以诗照亮世界，读者用从诗中得来的悟觉重新投入世界。于此，诗、文学以及写作的价值的意义得以确认。

在诗学现场行走，因为诗，让人在尘世在岁月流走中胸中常有闪电，心中常有感动、温暖。

叶淑媛

2016年5月13日

目 录

前言：诗学现场之思 001

李季的诗 001
　我站在祁连山顶 001
　我们的油矿 002
　【评析】 003

闻捷的诗 005
　高歌一曲唱河西 005
　水渠边上 007
　【评析】 009

唐祈的诗 011
　大西北十四行组诗（三首） 011
　【评析】 013

杨文林的诗 016
　天山南北（组诗八首选二） 016
　【评析】 019

高平的诗 021
　心迹 021
　致天池 022
　悲剧 023
　【评析】 024

伊丹才让的诗 025
- 母亲心授的歌（节选）......025
- 雪域 031
- 【评析】......032

汪玉良的诗 035
- 米拉尕黑（节选）......035
- 观猎鹰 044
- 【评析】......045

李云鹏的诗 048
- 卖垻的孩子 048
- 走近望天树 049
- 【评析】......050

何来的诗 051
- 卜者 051
- 箭毒树 052
- 未彻之悟（五十九选三）......053
- 【评析】......054

李老乡的诗 056
- 羊皮筏子 056
- 西照 057
- 在蚂蚁村度假的日子 057
- 天伦 058
- 【评析】......058

林染的诗 062
- 敦煌的月光 062
- 两个野草气息的牧童 063
- 【评析】......064

匡文留的诗 066
- 长长的夜是一杯酒 066

风上红柳 …………………………………… 067
　【评析】……………………………………… 068
彭金山的诗 …………………………………… 069
　推手推车的妈妈 ……………………………… 069
　落雪了 ………………………………………… 070
　叶子很稠的时候 ……………………………… 071
　【评析】……………………………………… 072

阳飏的诗 ……………………………………… 074
　西藏，迎风诵唱（节选）…………………… 074
　小小村庄 ……………………………………… 079
　沙枣花已经开过 ……………………………… 079
　【评析】……………………………………… 080

人邻的诗 ……………………………………… 082
　黄羊跳起 ……………………………………… 082
　秋后的云 ……………………………………… 083
　羽毛在飘 ……………………………………… 083
　风景 …………………………………………… 084
　山林蛰居 ……………………………………… 085
　【评析】……………………………………… 085

牛庆国的诗 …………………………………… 088
　杏花 …………………………………………… 088
　字纸 …………………………………………… 089
　风吹大地（组诗选二）……………………… 090
　【评析】……………………………………… 092

唐欣的诗 ……………………………………… 095
　奥运会纪念 …………………………………… 095
　怀古 …………………………………………… 096
　在青海旅游 …………………………………… 098
　【评析】……………………………………… 098

完玛央金的诗 …… 101
女孩 …… 101
寄日影 …… 102
明月 …… 103
【评析】 …… 104

高凯的诗 …… 106
喜鹊 …… 106
村小，生字课 …… 107
草莽童年 …… 108
躲闪一块刀疤 …… 109
【评析】 …… 110

马青山的诗 …… 112
春天来临 …… 112
我在高处 …… 113
【评析】 …… 113

第广龙的诗 …… 115
苦杏子 …… 115
土谷堆 …… 116
一天晚上在大阪梁看到流星雨 …… 117
【评析】 …… 118

邵小平的诗 …… 120
红心萝卜 …… 120
今天是个好天气 …… 120
雾晨听村 …… 121
【评析】 …… 122

阿信的诗 …… 124
青稞地 …… 124
山坡上 …… 125
草地诗篇 …… 125
在尘世 …… 126
【评析】 …… 126

目 录

娜夜的诗 129
生活 129
母亲 129
起风了 130
睡前书 131
想兰州 131
【评析】 132

雪潇的诗 135
煤气灶 135
海瓜子 136
【评析】 137

梁积林的诗 138
风逐蓬蓬草 138
秋日下午 139
契约书 140
【评析】 141

叶舟的诗 144
大敦煌（节选三首） 144
万物生长 149
【评析】 150

古马的诗 153
青海的草 153
罗布林卡的落叶 154
生羊皮之歌 154
荒唐的故事 155
【评析】 156

胡杨的诗 159
绿洲扎撒（组诗选六） 159
敦煌之西 165
【评析】 166

敏彦文的诗 169
    在草尖行走的六种方式 169
    不要站在月亮上 171
    【评析】......172

李继宗的诗 174
    其实我已经老了 174
    留守 175
    你的名字 175
    【评析】......176

于贵锋的诗 178
    你是另一个误解春风的人 178
    梨花 179
    礼物 180
    【评析】......180

妥清德的诗 183
    静坐的风 183
    高原，一座槐花的城 184
    春天，雪花与雨水同在 185
    【评析】......186

马萧萧的诗 188
    春消息 188
    乡恋 188
    中国地名手记（长诗选三首）......189
    【评析】......190

包苞的诗 192
    赶集 192
    一定，是有些心动 192
    雨后 193
    【评析】......193

扎西才让的诗 ———————————————————— 196
 格桑盛开的村庄 ————————————————— 196
 哑冬 ———————————————————————— 197
 桑多河：四季 —————————————————— 197
 【评析】—————————————————————— 198

郭晓琦的诗 ———————————————————— 200
 靠着墙蹲下 ———————————————————— 200
 好多人陆续回到了村庄 —————————————— 201
 一个瞎子的美好春天 ——————————————— 203
 【评析】—————————————————————— 204

杏黄天的诗 ———————————————————— 206
 偏头痛 —————————————————————— 206
 阿拉斯加鲑鱼 ——————————————————— 206
 【评析】—————————————————————— 207

刚杰·索木东的诗 ————————————————— 209
 路发白的时候，就可以回家 ———————————— 209
 在青稞点头的地方 ———————————————— 210
 残缺的世界（组诗选二）—————————————— 211
 【评析】—————————————————————— 212

李满强的诗 ———————————————————— 214
 河湾里的油菜花 —————————————————— 214
 中年之境 ————————————————————— 215
 死去的人如何描述他生活过的时代 —————————— 216
 【评析】—————————————————————— 217

离离的诗 ————————————————————— 219
 风声清浅 ————————————————————— 219
 我要的蓝 ————————————————————— 220
 这便是爱 ————————————————————— 220
 赞美 ——————————————————————— 221
 【评析】—————————————————————— 221

王小忠的诗 ·· 224
 即景 ·· 224
 经年 ·· 225
 【评析】 ·· 225

附录：叶淑媛的诗 ·· 227

后记 ·· 234

李季的诗

【作者简介】

李季（1922—1980），河南省唐河县人，原名李振鹏，笔名里计、于一帆等，著名诗人。1945年发表著名长篇叙事诗《王贵与李香香》。1952年来到甘肃玉门油矿工作，担任矿党委宣传部部长。1959年后，任作协兰州分会主席，出版了长篇叙事诗《杨高传》，及大量的诗歌、散文、小说作品。粉碎"四人帮"后，发表两部具有浓郁的石油工人生活气息的长篇叙事诗《石油大哥》和《红卷》。

我站在祁连山顶

像一个守卫边疆的卫士，
我昼夜站在祁连山顶。
我站在那雄伟的井架下面，
深情地照料着我的油井。

虽然是严寒封锁着大地，
虽然是风沙吹打得睁不开眼；
不论什么时候都不愿意离开一步，
哪怕是寒冷得连汗水也冻结成冰。

在山顶上我一点也不觉得寂寞，
整天陪伴我的是那祁连群峰。
黑夜里，群山悄悄地隐入夜幕，
这时候，来拜访我的是北斗七星。

辽阔坦平的戈壁就在我的脚下，
行驶着的车队像一群小小的甲虫。
排成长列的白云前来把我慰问，
乐队总是那高傲的山鹰的嗥鸣。
我见过黎明怎样赶走黑夜，
我见过破晓前最后熄灭的那颗晨星，
我见过坐着第一辆车去上工的兄弟，
我见过金光四射的太阳怎样升上天空。

我们的油矿

在那喧闹着的祖国大地上，
有一条喧闹的山岗。
山岗上有一座年轻的城市，
它白天发着巨响黑夜闪着光。

假如你要问城市的年龄，
请去问那林荫道旁的白杨；
那像苗条少女似的树干会向你说：
　"城市和我在同一天开始生长。"

我们的城市昼夜都在沸腾，
它比青年人更不喜欢安静。
它永不疲倦地搜索着悭吝的大自然，
从高山顶上直到几千公尺下的地层中。

想要欣赏城市的风光，
你必须攀登高入云际的山峰。
我们正在把辽阔的戈壁划入市区，

我们正在把地下的宝藏握在手中。

居民是那些掌握着明天的青年，
市区里的井架像密集的森林一般。
生产钢铁的血液是我们的任务，
我们的城市是力量和幸福的源泉。

没有必要对你隐瞒城市的缺点，
我们实在需要一个美丽的公园；
虽然我们每天可以看到壮丽的戈壁日出，
虽然我们每年可以看到六月天雪飞祁连。

城市虽然在远离北京的山野，
城市虽然在荒漠的戈壁滩上；
但是，我们的心却永远地向着北京，
就像北京无时不在惦记着我们一样。

在那喧闹着的祖国大地上，
有一条喧闹的山岗。
山岗上有一座年轻的城市，
这就是我们亲爱的玉门油矿。

选自李季：《玉门诗抄》，作家出版社1955年版

【评析】

李季在玉门油矿工作期间，创作长诗《生活之歌》，短诗集《玉门诗抄》《玉门诗抄二集》等大量诗歌。那个时代盛行的是直白呼告式的、满腔激情的、赤裸裸的宣泄的诗歌。相对来说，李季的诗既写出了时代的热情，又有诗的兴味，在艺术上略胜一筹。

《我站在祁连山顶》激荡着一种以人为中心的豪情。诗人将目光游动所及皆赋予乐观情绪，以排比句式、音韵朗朗的句子入诗，鲜明地表

达了时代主题。《我们的油矿》更有一种建设新生活的喜悦和激情。首节以"喧闹着的祖国大地""喧闹的山岗"渲染了全国人民如火如荼地建设新中国的时代氛围，也将玉门油矿"白天发着巨响黑夜闪着光"纳入了时代的主题中。接下来，诗人以道路旁像苗条少女似的白杨树写这座城市多么年轻，引人回味初建城市的艰辛。这一笔含蓄蕴藉，是诗人诗歌意识的自然呈现，有"曲笔为诗笔"之韵。接下来诗人还是以乐观昂扬的笔调写建设者的豪情和与北京心连心的时代主题，但不忘"我们实在需要一个美丽的公园"，豪放中的一点细腻和情趣令人惊喜。诗歌首末节以反复回环形成照应，增加了诗歌的韵律感。

　　一般来说，李季的诗歌创作的主要成就体现在叙事诗《王贵与李香香》《杨高传》中，在新诗发展的道路上，他勤于向民歌学习，不断探索人民喜闻乐见的民族形式，为中国新诗的发展做出了很大贡献。同时，我们也要看到，李季在玉门油矿的诗歌创作，虽然由于时代的原因，在艺术成就上没有攀登高峰，但他的石油诗，在当时和此后的工业题材诗歌的创作中，都产生了很大的影响，也有重要的意义。他对甘肃当代诗歌的引领和促进也有重要的贡献。

【扩展性阅读书（篇）目】

李季的长篇叙事诗《王贵与李香香》《杨高传》《生活之歌》。

李季：《玉门诗抄》，作家出版社1955年版。

闻捷的诗

【作者简介】

闻捷（1923—1971），原名赵文节，曾用名巫之禄，江苏省丹徒县人。1955年出版诗集《天山之歌》。1958年前后，闻捷生活在甘肃河西走廊一带，参加当地群众改山治水劳动，创作发表了大量的诗歌，与诗人李季一起掀起了甘肃当代诗歌的第一个高峰。代表作有长篇叙事诗《复仇的火焰》，著有《东风催动黄河浪》《祖国，光辉的十月》《生活的赞歌》等诗集，其中在甘肃工作生活写的诗收集在诗集《河西走廊行》中。

高歌一曲唱河西
——寄语参加张掖地委四级干部会议的同志们

李季唱过河西调，
预祝河西收成好；
如今卫星飞满天，
小麦元帅名声高。

我编新歌唱河西，
新歌也用河西调；
不唱小麦唱钢铁，
寄语河西众英豪——

主席海滨发号召，
革命浪涛连浪涛，

诗学现场

收罢庄稼炼钢铁，
全民涌起新高潮！

河西人民雄心大，
河西干部风格高，
四干会上点兵将，
较量武艺定指标。

谁说河西穷又白，
过去不产铁和焦？
英雄生就英雄胆，
上天入地能办到。

千军万马齐出动，
千乡万社心一条。
北进合黎挖矿石，
南登祁连去炼焦。

平炉炼成八卦图，
高炉群立入云霄，
风箱一动火光起，
一片红霞满天烧。

山丹领先开大道，
各县扬鞭纵马跑，
炼得铁水遍地流，
钢锭开花在今朝。

英雄会上发豪语，
九万吨钢年底交，

一分一秒也不误，
一斤一两也不少！

英雄会上摆擂台，
拳打猛虎脚踢蛟，
再问河西英雄将，
超额数字定多少？

高歌一曲唱河西，
英雄歌声比我高：
小麦卫星出河西，
钢铁红旗河西飘！

单等除夕鞭炮响，
锣鼓声中听喜报，
那时另唱胜利歌，
满斟美酒敬英豪。

1958年9月1日于山丹

水渠边上

秋天的夜晚多么宁静，
满月高挂在暗蓝的天空；
两位姑娘来到水渠边上，
一边说笑一边洗头巾。

风吹白杨叶子飒飒响；
闪光的流水响淙淙；
两位姑娘在谈知心话，

谈着心上最理想的人。

姑娘的条件可不少,
掰开手指头也数不清——
又要思想意识好,
又要庄稼活儿样样行;
又要会写又会算,
又要活泼朴实脾气顺,
又要这来又要那,
又要会开什么康拜因……

两位姑娘只顾谈心,
一块头巾足足洗了一点钟;
不知哪儿飞来一块石头子,
清凉的渠水溅一身。

对岸的红柳哗哗响,
从那儿冒出两个年轻人,
他们笑嘻嘻地站在渠畔上,
月光地下显得更英俊。

姑娘直臊得脸红心又跳,
对面怎么会钻出他们两个人?
方才的话是不是被偷听见?
忙问他们来了多少时辰……

年轻人摇头又叹气:
"原来我们还不够标准,
赶明天下苦工劝学他个多面手,

看看合不合巧姑娘的心……"

选自闻捷诗集《河西走廊行》，作家出版社1959年版。

【评析】

  1958年9月，适值张掖地委四级干部会议部署大炼钢铁之际，闻捷将《高歌一曲唱河西》寄给了会议，闻捷由此获得了"大跃进的鼓手"的称号。这首诗当然是一首应景之作，是"全心全意"紧跟政治形势的"大跃进诗歌"，不论在思想内容还是诗歌艺术上都乏善可陈。从文学的角度来说，它是速朽的，而从历史的角度来看，这首诗作为那个特定时代风貌和生活的实录，以及文人在特殊年代的"天真"，为"历史"以及历史与文学之间的关系提供反思的文本而具有了某种意义。综观闻捷的《河西走廊行》这部诗集里的大量诗歌，在歌颂新生活、歌颂河西人民战天斗地的革命豪情中，客观上记录了当代河西走廊的一些历史，比如朱德副主席访问河西，民勤人民植树防沙，山丹人民炼钢炼铁，玉门石油工人干劲冲天，等等。

  除了以上写政治形势和人民战天斗地豪情的诗歌，写日常生活的诗歌在《河西走廊行》中也有一部分。《水渠边上》这样的诗，把姑娘的爱情理想与时代的爱情风尚紧密相连，具有鲜明的时代特征。在诗歌的表达上，撷取生活的片段，以生活气息浓郁的小情节入诗，活灵活现，有一点浪漫情怀也意趣横生，令人会心一笑。这首诗保持了闻捷《苹果熟了》和《天山牧歌》的风格。闻捷的"天山牧歌"式的写作对甘肃本土诗人杨文林等人的叙事诗是有一定影响的，杨文林收在《北疆风情》里的20世纪80年代之前的诗，颇有闻捷的叙事诗的"味儿"。总之，闻捷以《复仇的火焰》《天山牧歌》等蜚声中外的诗歌获得大诗人的声名和影响，他和李季对甘肃当代诗歌的兴起和发展具有开端性的意义。

【扩展性阅读书（篇）目】

  闻捷：《复仇的火焰》（长篇叙事诗）第一部、第二部分别于1959年、1962年由作家出版社出版。

  闻捷：《闻捷诗选》，人民文学出版社1979年版。

 诗学现场

文学史资料：

李季、闻捷在甘肃诗歌创作的背景和意义

20世纪50年代初，李季到玉门油矿落户，从甘肃大地掀开了我国石油工业诗的壮丽篇章。后来，闻捷也从新疆来到甘肃。1958年，李季、闻捷共同筹建了中国作协兰州分会，分别担任主席和副主席。50年代中后期到60年代初，从偏远的甘肃传出了新时代诗歌的声音，产生了《玉门诗抄》《河西走廊行》等优秀诗作，《复仇的火焰》和《杨高传》更是那个年代叙事诗的扛鼎之作。这是甘肃当代诗歌的第一个高潮。在这个高潮期中，在李季、闻捷的关怀下，从甘肃本土站起了杨文林、于辛田、汪玉良、伊丹才让及农民诗人刘志清、张国宏等一批承前启后的诗人。在中国当代诗歌的大格局中，甘肃诗歌的开局是不错的，真正是高起点的。正是这漂亮的开局为甘肃诗歌的发展奠定了良好的基础，准备了充足的前进动力。①

---

① 彭金山：《各美其美，蔚为大观——新时期以来甘肃诗坛概览》，《西北师范大学学报》2005年第3期。

唐祈的诗

> **【作者简介】**
> 　　唐祈（1920—1990），原名唐克蕃，江苏苏州人，九叶诗派的重要诗人之一。历任兰州省立工专教师，上海《中国新诗》编委，《人民文学》小说散文组组长，《诗刊》编辑，赣南地区作家协会副主席，甘肃师范大学学报副主编，西北民族学院汉语系代主任，教授。

大西北十四行组诗（三首）

驼队向西

旅途中我们总是心绪不宁
想趁在黎明前多做点事情
撒拉族的姑娘牵出猎犬
说草原什么也看不清

夜夜在帐幕的地毯上
早听见古老的地下河在歌唱
神妙的仪器从不会对荒原说谎
河西走廊将变成金黄的粮仓

驼队向西，向西
高大的木轮车响着烟云般的马蹄
戈壁仿佛也听见了信息
悄悄退出一片朦胧的晨曦

撒拉族姑娘像荒原上一棵绿树
想把绿色的眼泪滴落在我们心里

沙漠

沙漠用静默唤醒了我
这无言的暗黄的波涛啊
它有时轻柔得像一声云雀
黑夜才深沉如大海的寥廓

它让我加入他们的队列
去祁连山雪线上悄悄停歇
也许此刻,去罗布泊探寻神泉
而茫茫的冰川在静默中断裂

我的回话藏不住惊喜
新的造山运动在沙砾中掀起
广阔的地下海在汹涌奔突
西北高原隆起来了历史的肌体

金色的沙漠升起烈焰
带我作了雄辩的发言

白杨树林

旷野上残留着冰雪
河流悄悄泛出青灰色
高高的白杨树站在风里
绿绿的叶掌把春光摇曳

大地的暖气把草叶吹响
白杨抖落了黎明的薄霜

雪青的铃铛花开放
林间射来五彩缤纷的阳光

藏族牧羊女在歌唱
召唤雀鸟飞来家乡
树枝的手指牵住她的长袍
春风灌醉了酡红的脸庞

啊，春天再不会躲藏
像牧羊女向别人微笑的眼光

原载《长安》1984年第12期

【评析】

　　唐祈是中国重要的新诗流派"九叶诗派"的诗人之一。在"九叶诗人"中，他的诗有明显的西部风情特色。

　　《驼队向西》是一首西部开拓者之歌。我们的驼队在"高大的木轮车响着烟云般的马蹄"声中向西挺进，"古老的地下河在歌唱"，现代化的仪器探测这片土地，立志将"河西走廊将变成金黄的粮仓"。这些诗句里有一种开发西部荒原的热情和乐观精神。撒拉族姑娘"绿色的眼泪"则写出这片土地上的人民长久的等待和期望。诗歌将热烈的情绪投射于西部自然景色和人民，形成浓烈的渲染效果，西部大地的雄奇与开拓者的雄心有机地结合在了一起。

　　如果说《驼队向西》表现了西部开拓者的热情，《沙漠》一诗则是开拓者浪漫的遐思。诗人面对寂寥广阔的沙漠，竟然以沙漠"轻柔得像一声云雀"的比喻来写心中的悸动，非常新鲜并赋予西部可亲的形象。从诗歌艺术来说，它采取了移情的方式，诗人将内心的热爱移注于沙漠之时，沙漠也就拟人化为一位友人，它邀请诗人和西部的开发者一起"去祁连山雪线上"挥洒汗水而悄悄停歇、"去罗布泊探寻神泉"，熔断那茫茫的冰川。诗人则热情惊喜地做了回答，用"新的造山运动""广阔的地下海在汹涌奔突""西北高原隆起来了历史的肌体"以及"金色的沙漠升起烈焰"这些雄性的意象,满怀浪漫的遐想,表达了一位西部开拓者的豪情和信心。这首诗有明显的时代特征,它代表了新时期伊始百废待兴中人们建设新生活的热情以及理想主义的歌唱。尽管其中开发西部的遐思在今天看来有一些并不符合自然规律。不论如何,诗歌中独特的比喻,巧妙的移情,以及对西部自然的雄性特征的凸显和浪漫遐想形成的美的意味,显示了诗人的艺术功力。

《白杨树林》描绘美丽的西部自然风光,有浓郁的西部风情特色。旷野冰雪、解冻了带着春意的河流、笔直的白杨树林、白杨树绿色的叶片在阳光下喧哗,草叶萌动,雪青的铃铛花开遍原野,阳光透过树林五彩缤纷,穿着长袍的牧羊女有酡红的脸庞,她陶醉在春风里在林间穿行歌唱,天空的鸟儿仿佛觅着歌声回到家乡。这幅塞外风光的画面那么美丽而令人神往,情感里有春风拂面般的喜悦和畅。这首诗中的西部不是常见的苍凉,格调明朗清新,其喜悦光华的味道像一曲优美浪漫的小提琴协奏曲。这在以西部风物为抒情对象的诗歌中是非常少见的。

《大西北十四行组诗》反映出作为中国新诗派成员之一的唐祈坚持着中国新诗派诗歌的艺术主张"在现实与艺术之间求得平衡,不让艺术逃避现实,也不让现实扼死艺术"。

唐祈是甘肃当代诗人中较早受到研究者高度关注并进入文学史的一位诗人。洪子诚、刘登翰在《中国当代新诗史》中写道:

唐祈的成名作是写西北风情与人民苦难的组诗《遥远的故事》。在西北联大历史系读书期间,曾观察、体验过甘肃、青海一带游牧民族的生活风情,写古代菖蒲海边羌女的忧愁,和游牧人笛孔里流不尽的热情乳汁。20世纪80年代初唐祈一直在甘肃兰州的学校任职。他继续这类题材的写作,并支持表现西北现实和历史的"新边塞诗"。《敦煌组诗》《西北十四行组诗》等都写到对旷漠土地的倾慕。不过,当年游牧人故事的忧郁,已为对雄奇的追求所代替。虽说"撒拉族姑娘像荒原上一棵绿树/想把绿色的眼泪滴落在我们心里"(《驼队向西》),但更多的是感受到"广阔的地下海"的"汹涌奔突"(《沙漠》),并夜夜在帐幕的地毯上"听见古老的地下河"的歌唱。在《猎手》中,他刻画了不管是在寂静还是在狂暴中,都小心翼翼守候的勇者形象。唐祈的另一部分作品（如写于20世纪50年代的组诗《北大荒短笛》，和写在"复出"之初的《北京抒情诗及其他》）也表现受难知识分子在突然降临的不幸中的惊惧、悲苦、依然不变的信念，它们汇入了当时的"回来的歌"的合唱。①

【扩展性阅读书（篇）目】

唐祈：《唐祈诗选》，人民文学出版社1990年版。

文学史资料：

唐祈与九叶诗派

唐祈是九叶诗派的重要诗人之一。九叶诗派前期名中国新诗派，是抗战后期和解放战争时期的一个具有现代主义倾向的诗歌流派。主要成员有杭约赫，辛笛，方敬，陈敬容，唐祈，穆旦，郑敏，杜运燮和袁可嘉。1948年杭约赫等人创办的《中国新诗》是中国新诗派的重要刊物，唐祈是该刊的编委。1981年，这9位诗人合集出版了《九叶集》，故又称他们为九叶诗人、九叶诗派。

九叶诗派强调诗歌反映现实与挖掘内心的统一，诗作视野开阔，具有强烈的时代感、历史感和现实精神，同时强调诗歌艺术的独立性，以求在现实与诗歌艺术之间求得"平衡"。在艺术表现上，他们自觉追求现实主义与现代派的结合，注重在诗歌里营造新颖奇特的意象和境界。他们承接了中国新诗现代主义的运动，为新诗的发展做出了贡献。他们的主要刊物有《诗创造》《中国新诗》。

---

① 洪子诚、刘登翰：《中国当代新诗史》，北京大学出版社2005年版，第165页。

杨文林的诗

【作者简介】

杨文林（1931—2015），笔名文林叶，甘肃临洮人。历任《西北后勤》报编辑组长，兰州军区后勤政治部文化助理员、宣传助理员，甘肃省文联《陇花》月刊编辑，《甘肃文艺》负责人、总编辑，《飞天》文学月刊总编辑，甘肃省文联副主席，中国作家协会第四届理事等。著有大量诗歌、散文，出版诗集《北疆风情》，发表文学评论文章20余篇，主编甘肃省各种文学作品选集14部。组诗《伊犁风情》《南粤鹧鸪天·诗之祭》《绍兴三首》分别获甘肃省第一、第二、第三次优秀文学作品奖。

天山南北（组诗八首选二）
——新疆记忆：写于八十年代的未面世的诗

阿益盖姆的婚礼
哭嫁哭过了
　　哭像父母伤心的姑娘
　　才知道孝顺公婆
火堆跳过了
　　火燎过的姑娘不害邪
　　夫妻恩爱会一辈子火热
五个馕挂上了房梁
为了取上它，可以踩上男人的肩膀
下了五百个烫金请帖
来了八百个尊贵客人

麦希莱甫已经开场①
就等跳揭面纱舞的新娘

要看新娘会不会跳
先看新娘会不会笑
半遮面纱半露脸
　　才是维吾尔新娘的舞蹈
再看新娘的眉毛和眼睛
眉毛眼睛要会传情
还要看新娘的辫子有多长
长长的辫子要盖腰身

新娘阿益盖姆样样有
　　三岁扎耳朵，五岁戴耳坠
　　六岁梳辫子，七岁会描眉
　　八岁听见手鼓的呼唤
就会扭动身躯旋转
二十岁婚礼上走一圈
步着草原田野的花毡
新娘的舞要跳得好
揭面纱才能揭出花容月貌

手鼓绕场转三圈
激情的呼叫，深情的召唤
场上手镯耳环丁当响
男人拍地击膝，女人忘情旋转
舞是情的燃烧，爱的升腾
　　心的跳跃，血的沸腾

---

① 麦希莱甫：新疆常见的一种维吾尔等少数民族喜欢的群体歌舞。

婚礼场上舞一回，姑娘和巴郎
明天就想跳火堆

全羊抓饭，伊犁大曲
客人们坐着流水席
长辈们随意就地舞两步
和歌助兴，表示婚礼在继续
新娘的面纱还未揭开
要等天山月亮爬上来

胡杨的等待
在浩瀚的塔里木沙漠
百岁胡杨还像一群小天鹅
羽毛未丰，满身柳叶状
已长成阔叶的兄弟姐妹
并不成林，稀疏寥落
胡杨家族已被遗弃在大漠
像干涸的湖面上翘首的天鹅

枯死的祖辈仍屹立着
望着天尽头涌来的黄沙
像恋土未去的祖父
像护雏匍身的妈妈
在日月流转的白昼夜晚
它们的孤魂在苦苦问天

归去来兮，古楼兰和高昌国的家园
等待塔里木河扬波张帆的明天
那时，胡杨家族不灭的灵根
会闻水而苏醒而复生

给一切寻阴来栖的鸣禽
　　和逐水草而至的黄羊，鹿群
以及热语丝绸古道的人们
一道三千里胡杨林的风景

选自《飞天》2011年第5期

【评析】

　　杨文林的诗中浸透着他那个时代的特有精神元素和情感体验。《天山南北》之一《阿益盖姆的婚礼》以叙事诗的方式表现新疆维吾尔族的婚礼和民俗，场面热烈，情景交融。诗作抓住维吾尔族婚礼中哭嫁、跳火堆、取馕等典型事象叙写婚礼过程，又用跳、笑、半遮面纱半露脸等动作来表现维吾尔新娘的样态，接下来又通过舞蹈回溯新娘的成人过程并拓展情感空间，最后表现了婚礼场景和众人祝贺的喜庆气氛。通过简短却完整的叙事与抒情，读者感受到了维吾尔族人们的情感表达方式和民俗风情的迷人魅力。典型场景的捕捉与井然有序的铺叙，以及朴实无华的语言表达，构成流利通畅的节奏和借物抒怀的叙事风格。

　　《胡杨的等待》以大漠及其生命的象征胡杨树为表现对象，以"等待"为关键词，在广袤的时空中抒发了诗人对未来充满期待的情怀。沙漠胡杨，被誉为活着昂首千年不死、死后千年不倒、倒下千年不朽的"英雄"树，以其顽强的生命力和"宁死不屈"特点成为某种精神品格的象征。诗的第一段，以拟人的方式，写羽毛未丰的一群百年胡杨和长成阔叶却并不成林的"兄弟姐妹"的现象，以及被遗弃的胡杨家族，将它们比喻为"干涸湖面上的天鹅"，寄寓了胡杨久经岁月历练和积淀、坚韧而高贵的品性。同时它们"被遗弃"的命运逐渐将思绪引向对人间社会的隐喻，使人们联想到历经劫难的历史中坚守情操的人。第二段承接上段的隐喻，以胡杨的不同姿态叙写"恋土未去的祖父""护雏匍身的妈妈"像孤魂似的"苦苦问天"的情状，字里行间氤氲出一种沧桑感，将一种历经劫难、心怀大爱、情怀不改的形象和风骨进一步凸显。最后一段，以"归来去兮"的感叹起兴，联想到古楼兰和高昌国的历史与胡杨林不灭的家族灵根，对未来的苏醒与复生饱含期待，对"三千里胡杨的风景"充满憧憬，是诗的结尾，也是高潮。整首诗将自然物象的描写与社会事相的感怀自然融合，将情感抒发与理性思考融会贯通，有神与物游、思接千载的韵味。

【扩展性阅读书（篇）目】

杨文林：《北疆风情》，甘肃人民出版社1981年版。

高平的诗

【作者简介】

高平（1932—），山东济阳人，当代著名诗人、国家一级作家。20世纪50年代随军进藏参加西藏建设，以《打通雀儿山》《紫丁香》《大雪纷飞》等诗篇蜚声诗坛。1958年，高平来到甘肃，至今一直在甘肃工作生活，曾任甘肃省作家协会主席。高平的诗集有《大雪纷飞》《古堡》《川藏公路之歌》《冬雷》《帅星初升》《高平诗选》《高平短诗选》等10余部。并著有大量的文学评论、歌剧和影视作品。有长篇小说《雪域诗佛》和《六世达赖喇嘛仓央嘉措》。

心迹
——写在"文革"结束之后

人们诅咒
一小时的浪费，
两小时的失眠，
祖国，我却失掉了十年；
而我失掉的日日夜夜，
竟然超过了七千！

但我不要那个字——怨，
我把这个巨大的数目，
看作是认购了一笔爱国公债，
用它买一块小小的方砖，

铺在人民的脚下，
让未来的大路多一点平坦。

春风吹来的时候，
那不再发芽的枯枝上，
会有落叶飘散；
哪一个春初不带有冬残？
一面打扫，一面开拓，
这才是生活正常的运转。

在人生的丰收场上，
时间的筛子在不停地筛选，
留下来的是
颗粒饱满的贡献。

冬天对不起我，
我要对得起春天。

致天池

我走了这么远的路
来看你这一池深水
仰慕你不曾失去的高洁
打破了水往低处流的常规
打破常规就是美

你为自己选择了
甘于寂寞的方位
依然躲不开

人们的追逐与包围

我来迟了
不能游进你的深处
只是踏着你岸边的石堆
跌跌撞撞地独自前行
让心上炽热的火
承受着雪山的风吹

我参与了
打破你的平静的行列
深深地向你谢罪
我再也不来了
你也不喜欢诗人
你本身就是诗
不愿做诗的点缀

悲剧

有的人碰了一辈子头
只高了零点一公分

有的人写了一辈子诗
只少了那像诗的一句

有的人堆了一辈子干草
只缺了一根火柴

有的人赶了一辈子路

只差一步没到站

　　　　　以上选自高平诗集《高平诗选》，作家出版社1997年版。

【评析】

　　高平的诗植根于生活丰厚的土壤，扎根于对祖国的热爱，对人类的宽容和同情。诗人在20世纪50年代即以叙事长诗《大雪纷飞》等诗作蜚声文坛，后在"文革"中"壮岁历劫"，却并无怨愤。《心迹》一诗即为诗人开阔豁达的精神境界的写照。诗歌第一段写自己的"文革"历劫，第二段表白心迹，"但我不要那个字——怨"，同时表达了爱国情怀。接下来，诗人以"冬天对不起我，/我要对得起春天"的胸怀，"一面打扫，一面开拓"，感悟到人生的价值是被时间筛选后留下的"颗粒饱满的贡献"。

　　高平在新时期奉献了大量的优秀诗作，其中闪烁着智慧之光的抒情短诗大部分集结在"香音神诗丛"之一的《高平诗选》中。这些短诗主要实践他哲理诗的主张。诗作融进了诗人深刻的思考，投射出心灵的智慧和思想的光芒。还有一类山水诗是诗人徜徉于祖国大地和域外的访问途中播撒的诗情，写下的感悟。《致天池》一诗处处燃烧着思想的火花，天池"打破常规就是美"、选择寂寞却仍然"躲不开人们的追逐与包围"、不以别人的赞美来确证自己的美，于是天池亦成为一种甘于寂寞、品格高洁、特立独行的象征。

　　高平还有一大部分诗是对人类复杂情感世界的细致入微的探析。《悲剧》一诗写有的人的人生总是差那么一点不妥帖、难以自我超越、不能完满、或者"几成而败之"的悲剧，是对人生境遇的幽微洞察和叹息，引起人们对生活和自我的审视，非常有启发性。

　　高平的诗意象明丽，情境交融，诗句凝练有力，语言简洁中有蕴藉，诗风纯净圆熟。

【扩展性阅读书（篇）目】

高平：《高平诗文精选》，作家出版社2007年版。

伊丹才让的诗

【作者简介】

　　伊丹才让（1933—2004），藏族，青海平安人，著名诗人，国家一级作家。历任民族公学干事，西北民族学院教员，甘肃省民族歌舞团演员、编导、舞蹈队长、合唱队长、创研室主任，甘肃省民研会秘书长，甘肃省文联文学院专业作家，省作协副主席，省文联委员，中国少数民族文学学会理事。著有诗集《金色的骏马》（合集）、《雪山集》《雪韵集》《雪狮集》，诗选集《雪域的太阳》，民歌集《藏族婚礼歌》，文集《雪山狮子吼》等。多部作品获多种奖项。

母亲心授的歌（节选）

一

我出生的世界，
是佛法护佑的"净土"，
可善良人家的大门上，
却常听见魔鬼嚎哭。
我揣在母亲的怀里，
胜过天国里炫耀的幸福，
可母亲在走过的路上，
却呼唤救苦救难的度母。
我头枕母亲的乳房，
把舒心的气儿吸呼，
搓揉空气囊的母亲呵，

用眼泪冲洗坎坷人生的痛苦。
我耳听母亲的心跳，
就像是隐约可辨的铃鼓，
它化做动听的歌儿，
从我稚幼的心底里流出——

我唱着跳着到蓝天上去，
要和天上的小龙把彩云舞；
我跳着唱着到石山里去，
要和山里的小野牛穿云雾。

二
我双脚落地的世界，
是高擎起蓝天的地方，
而悲叹声声的母亲，
却总是伸不展弯曲的脊梁。
我扯住母亲的衣袖。
就像扯住了万缕阳光。
母亲拽着我的手呵，
就像拽着她整个儿希望。
我伏在母亲瘦如枯柴的背上，
就像雪狮伏在巍峨的山冈，
母亲背着轻如羽毛的我呵，
就像背着她人生的全部重量。
母亲温暖的手心，
贴在我冰冷的额上，
就像用她全身心的热能，
升华我眼前和煦的霞光。

好呵，好啊，今朝好，

今朝的蓝天多明亮；
好啊，好呵，今朝好，
今朝的大地降吉祥。

三

母亲送我出门的时候，
启明星正在扬撒晶莹的晨露，
可那又黑又浓的迷雾，
堵死我通往大川的峡谷。
我离别母亲上路的时候，
总以为赛钦花装点着山路，
可那恶狼扑食般狂暴的风雪，
把我一口吞进了无底的冰窟。
朦胧中我仿佛听见，母亲在讲
《阿伊措毛和她的花牛犊》：
"……花牛犊被魔鬼当了午餐，
晚上还要来吞掉她的五脏六腑。
走投无路的阿伊呵，有幸
遇到了喜鹊、青蛙、牛粪和碌碡；
剪除残暴的九头妖魔，确实
全靠了它们的智慧和帮助。"

四

明白了呵，这生命的价值，
哪能是饮泣吞声地忍受屈辱；
那些三暑里蠕动的软体幼虫，
不会让你血肉之躯等到寒露。
生命的价值呵，应当是
倾注心灵的秋实成熟，
好把那人类良知的种子，

播进培育理想的沃土——
我唱着跳着到东海滩去,
为迎接光明珍宝我撒如意图;
我跳着唱着再到雪山上来,
为给母亲遮阳我栽旃檀树。

五

眼前伸展的道路呵,
就像雪浪拍空的大江,
我这山泉般纤细的歌音,
投入那大海惊天动地的轰响。
此时呵,只有在此时,
我才感觉到人的尊严闪光,
因为那充满希望的大海呵,
赋予我雷霆般坦荡的歌唱。
大鹰喜欢在风云里翱翔,
并不炫耀它矫健的翅膀;
那是它激励我鼓足勇气,
去掂清人生肩负的力量。
雪山喜欢在冰雪里矗立,
也不是夸耀它银色的帐房,
那是它受了母亲的嘱托,
为我营造白螺般爽朗的声嗓。
是的,我是来自雪山的歌者,
我懂得什么是诚实的歌唱,
为了校正心头音调的纯真,
我时刻把耳朵紧贴母亲的胸膛。
是的,这就是全部旋律的命题,
它输给我十万大山蕴藏的能量,
就像这周身沸腾的血液,

每一滴都来自母亲甘甜的乳浆——

我跳着唱着到草原上，
我把母亲心授的歌儿记心上
我唱着跳着再上蓝天，
我送走了星月再去迎太阳。

六

我们的道路远不算笔直，
有时候还反复把弯路重走，
就像一心直奔大海的千江万河，
没有一条不是几经丛山数绕深谷。
我们的道路也不算平坦，
有时候还痛感脚下道险路陡，
如果前面的道路本来就是海宽天阔，
母亲就用不着费心血为我塑造双手。
是的，在我们走过的道路上，
蒙受过冤屈、枉担过忧愁，
可巧匠左手举起的铁锤，
还错砸过自己连心的右手。
对的，往后的道路上，
我们可要倍加爱护手足骨肉，
不能让咬穿过嘴唇的牙齿，
再去咬自己弹拨心声的舌头。
我也不再那么天真烂漫，
不会相信前面不再有冻脚的寒流，
不过，天湖上的冰雪已经消融，
成群的斑头雁总是亮开了歌喉。
只要这条道路上歌声不息，
儿孙们不再做任人宰割的牦牛，

我甘心为壮丽的事业呼号终生,
只愿"鲜红的太阳照遍全球"——
好啊,好啊,今朝好,
雪山把光明珍宝捧在手;
好啊,好啊,今朝好,
母亲用龙坛重酿狮乳酒……

七

头顶雪山的光明珍宝,
不怕天空再出现阴云,
我因为与启明星为伍,
心底不容有黑夜的踪影。
手捧母亲的狮乳酒盏,
好像雷电在心里轰鸣,
我有了山岩般耸立的胆识,
怎能与可怜的怯懦并行。
我想着母亲的恩情起身,
银露般的泉水在胸中喷涌
向我走过的道路上,
去普洒沁心醉人的甘霖。
我唱着母亲的歌儿上路,
彩云般的鲜花在手心里吐馨,
在我走到的大地上,
去栽培四季结实的果林。
我明白了呵,没有信仰的人生,
就像猫头鹰颠倒了昼夜的时辰,
心头若没有大鹏一样的翅膀,
便不能随心所欲地飞越崇山峻岭。
我懂得了呵,没有信念的生活,
会像寒候鸟得过且过地度生。

心头若没有杜鹃一样的歌唱，
就不会年年岁岁去追求明媚的阳春。
既然要吸取花蕊的琼汁，
就不顾刺梅扎穿了手心，
为洗涤母亲心上的惆怅，
我情愿与带箭的蜂儿结群。
既然是撒开长虹去追猎，
就不忌讳酣梦里小狗的跟寻，
为了母亲渴望的夙愿，
我敢舍这五尺血肉的躯身。
松柏顶住冰冻雪压的严冬，
是大自然赋予它四季葱茏的秉性，
我要从大海中提炼纯净的鲜酥，
去添满母亲心头点亮的银灯。
雪山挺起水晶的身躯呵，
为我铺设金光闪耀的征程，
母亲唱起祝福的歌儿呵，
为我雕塑终生附体的灵魂。
我唱着跳着到蓝天上去，
并不向慷慨的蓝天求馈赠，
假若崇高的蓝天它真有情，
借给我七匹绿色骏马送光明。

1981年5月21日于兰州

雪域

太阳神手中那把神奇的白银梳子，
是我人世间冰壶酿月的净土雪域，
每当你感悟大海像蓝天平静的心潮时，

可想过那是她倾心给天下山河的旋律。

寒凝的冰和雪都是生命有情的储蓄!

因此潮和汐总拽住日月的彩带不舍,
再不使飞尘泯灭我激浊扬清的一隅!

1985年8月28日于京都

【评析】

伊丹才让是新时期伊始甘肃诗坛最具民族特色的优秀藏族诗人。他的诗与藏族的生活环境、民族生活习俗和文化传统紧密联系,有浓郁的民族气质和突出的民族特色。

《母亲心授的歌》是伊丹才让的代表作,表达了对藏族旧时代的控诉和新生活的赞美,有明显的政治色彩。但是,就算在时代主题之下,伊丹才让也未将其写成时代的"传声筒",而以丰富的内容包孕着深厚的藏族文化内涵。诗的第一节写藏地这块佛法护佑的土地,善良的人们还是经受着魔鬼的折磨,母亲信仰佛法,呼唤救苦救难的度母救护坎坷的人生,而童稚的诗人感受着浓浓的母爱,感觉这远远超过了那人们信仰天国的"炫耀"的幸福。在母亲的怀中,稚幼的"我"心中吟唱着母亲教的歌:"我唱着跳着到蓝天上去","和天上的小龙把彩云舞""和山里的小野牛穿云雾"。在这样的儿歌里,我们感受到一种自由活泼的生命与理想,这是母亲给予孩子关于生命状态的最初认识,也是藏族文化对人生价值的认定。诗歌的第二节比较明晰而单纯地抒发母爱的温暖和深厚的母子之情,以歌吟的形式发出了"好呵,好啊,今朝好"的咏叹。第三节写诗人的成长,用藏族诗歌中常用的、藏语语词特色的譬喻"迷雾"."堵死我通往大川的峡谷""狂暴的风雪"吞食了赛钦花装点的道路来喻写人生道路的艰辛(当然,诗人最初的本义可能是喻指西藏走向解放和新生活的艰辛历程),而在这艰难危困的时候,诗人想起了母亲讲的藏族民间故事《阿伊措毛和她的花牛犊》,含蓄地指出人生道路上尽管旅途艰险,但拥有朋友们的智慧和帮助,就能闯过生活的难关。这也体现了藏族人民热情、团结互助的文化性格，也寓意了民族团结赢取美好新生活的意义。诗歌第四节和第五节用比拟和譬喻的手法歌颂人生的真正价值和应有的品格，比如良知、尊严、坦荡、勇敢、谦虚、勇气、力量、诚实、纯真，而这一切命题，如"周身沸腾的血液，/每一滴都来自母亲甘甜的乳浆——"。于是，母亲心授的歌又一次在心头响起。诗歌第六节是对时代动荡的历史教训的总结，却让今天的我们也感受到摒弃个人恩怨、以宽阔的胸怀面对未来的勇气，并以"好啊，好啊，今朝好"的咏唱与第二节形成回环照应。第七节是这首诗中词语最为绚丽、情感最为饱满的抒情告白，诗人明白了人生的真正意义，以大量的排比句和比拟性的意象富有哲理地揭示如何做一位拥有宝贵品质的人，而这皆来源于母亲的教诲。诗人不忘母恩，踏上"金光闪耀的征程"之际，母亲心授的歌再一次响起，与第一、第四、第五节形成了回环照应，如大钟轰鸣，余音袅袅。

《母亲心授的歌》典型地体现了伊丹才让诗歌的民族特色，具体表现为三个方面：一是诗中自然贴切地使用了大量的藏族语汇，全诗的意象、比拟都是藏族特有和常用的。二是诗巧妙地翻新民歌，使它具有新意，获得新的生命。"我唱着跳着到蓝天上去，……"是一首在安多藏区十分流行的民歌，也是诗人的母亲教给他的第一首民歌。而且诗人根据诗歌情感和内容的变化，在诗中四次出现这首民歌时，都有不同的翻新变化。第一节末尾的民歌对应了幼童的自由活泼；第四节末尾的民歌表达的是找到人生价值和光明的感恩之情；第五节末尾的民歌又表达迎接新的时代的兴奋欢乐；第七节末尾的民歌传递珍惜美好光阴，将光明传递给每一个人的情怀。这样，民歌的引入在整首诗中既有回环往复，又有随情赋形的效果，增加了整首诗的艺术水平。三是化入藏族典故、传说，突出了藏族的气质，这具体表现在藏族民间故事《阿伊措毛和她的花牛犊》在诗中的化用。[①]

[①] 诗人高平也谈到了伊丹才让的诗歌具有这三个方面的民族特色，参看：《伊丹才让和他的诗歌——〈雪狮集〉序》，伊丹才让：《雪狮集》，青海人民出版社1991年版。

伊丹才让的诗绝少低吟浅唱，更多大爱大声。在诗歌风格上，作为"香音神诗丛"之一的《雪域的太阳》是诗人的佳作选集的名称，也是他诗歌气度风格的准确形容。这部集子里诗歌的意象阔大，色彩鲜明，而且充满了动的力量：狂跃的烈马，吟啸的雪狮，湍急的拉萨河，回升的海潮，初升的太阳，金灿灿、光焰焰的雪山，跋涉的牦牛，吐芳的八瓣莲花，天地间齐鸣的鼓乐……这些雄奇的意象，加上诗人滔滔江河般澎湃的抒情，铿锵的音调，形成了伊丹才让诗歌气势宏大的风格，仿佛雪狮的吟啸，也仿佛太阳的金辉遍洒雪域。《雪域》一诗是伊丹才让诗歌的代表作，诗歌热情奔放，又不乏哲理思辨，达到了诗情与哲理的有机融合。这首诗也表现了伊丹才让创造的"四一二"新格律诗体。这种形式，前四句或描绘，或叙述，为比兴借代，形象生动，是为一节，第五句单独成一节，内容为前四句的概括升华，大多是格言式的人生哲理，六七句合为末节，为形象性的思辨议论，韵味悠长。伊丹才让在藏族汉语诗歌写作上做出了卓越的贡献。

【扩展性阅读书（篇）目】

伊丹才让：《母亲心授的歌》，获全国第二届少数民族文学创作一等奖。

伊丹才让：《雪域的太阳》，作家出版社1997年版。

汪玉良的诗

> 【作者简介】
> 　　汪玉良（1933—），又名史·赫里路，东乡族，甘肃东乡县人，诗人，书画艺术家，中国作家协会，国家一级作家。历任甘肃省委宣传部干事，《甘肃文艺》杂志编辑，甘肃人民出版社文艺编辑室主任，甘肃省文联副主席，专业作家。1950年开始发表作品。著有诗集《幸福的大道共产党开》《米拉尕黑》《汪玉良诗选》《水磨坊》等。曾获全国第一届、第二届少数民族文学一等奖，全国第七届少数民族文学奖，另获甘肃省敦煌文艺奖等多种文学奖十余次。

米拉尕黑（节选）

一

从巍峨的崇山峻岭，
到莽莽茫茫的荒原草滩，
米拉尕黑率领的大军，
十万火急地奔驰向前！

大军跃上陡峭的巉崖，
巉崖在吆喝声中躲闪！
大军驰进幽深的峡谷，
峡谷被挤得向两旁扩展！

大军飞越波浪滔滔的大河，

诗学现场

掀起万丈洪峰拍击云天；
大军驰过一望无际的沙滩，
掀起滚滚尘烟飞砂弥漫！

复仇的大军日夜兼程，
向着流血的战场挺进！
突然间，米拉尕黑看到——
远处滚动着团团阴云！

那是压在地面飞动的云影？
还是地上腾卷的硝烟滚动？
蠕动的阴影逐渐逼近，
那是散漫的人流在移动！

黑色的洪流虽说模糊不清，
却听到了一阵阵惊慌的叫声！
这是财狼般进攻的敌人？
还是被财狼追逐的羊群？

战马不停地迎面飞奔，
米拉尕黑认清了对方的形影；
啊！那是被敌人击溃的逃兵，
正跟随他们的统帅落荒而逃！

米拉尕黑咬住颤抖的嘴唇，
愤怒叩打着他难过的心灵；
将士们啊失去了往日的威风，
把耻辱带给了信赖他们的人民！

米拉尕黑暗暗叮咛自己，

我的心啊你暂且息怒隐忍!
且让我问问这惊惶的将领,
他是怯懦还是出买了灵魂?

米拉尕黑伏鞍扬鞭,
像闪电一样划过人群;
他举着剑送出军人的致敬,
然后用马鞭拦住了首领——

"噢,应受人尊敬的首领,
百姓望着你的背影伤透了心!
你可曾守住了我们的空图城?
你怎能抛弃那濒死痛哭的呼声?

噢,应受人尊敬的首领,
低头看看象征荣誉的盔盾!
你要停止退却转入进攻,
你不能辜负委你重任的王宫!"

那失措的将领大吃一惊,
脸色灰白,浑身直打寒噤:
"闪开!敌人的弓箭日夜追踪,
无敌的大军就要把我们踏平!"

"空图城尸体纵横洗劫一空,
难道值得为它去舍生忘命?
为了不值一文的王命和百姓,
难道要我舍弃生命和金银?"

那无耻的首领冷笑几声,

扬起马鞭抖起了缰绳；
他不顾米拉尕黑的规劝，
继续没命地打马逃奔！

米拉尕黑挥舞起宝剑，
拦住那妄想逃遁的首领——
"站住！你这犯罪的叛逆！
你玷辱了伟大祖先的光荣！"

那恐慌的将领惊魂未定，
生怕米拉尕黑挥动剑柄！
逃奔的士兵们纷纷停顿，
惊异地倾听米拉尕黑的吼声——

"噢，你这遗弃土地的首领！
噢，你这丢盔弃甲的将领！
你就这样把妇婴丢给敌人？
你就这样把羊羔喂给狼群？

你佩着祖国给你战刀，
你要到哪里去苟且偷生？
你穿着国王赏赐的战铠，
难道是要到妻妾胯下藏身？"

"啊！看到你我多么羞耻，
国王怎能委任你扼守国门？
噢！看到你我多么痛心，
难道你的刀只会杀戮百姓？

啊！你这软骨头的将领！

快在我的马蹄下碰死了生!
要不就用卷刃的锈刀自刎,
如果你不调转马头迎击敌人!"

那落荒的将领胆战心惊,
畏惧已震碎了卑贱的心灵!
米拉尕黑的痛斥使他震惊,
国王的训诫也没有这样严峻!

恼羞成怒的首领强作镇静,
他不甘在部下面前失去威风!
他勒马后退避开紧逼的剑锋,
装作从容的模样强调质问——

"挡住我去路的是什么人?
胆敢凌辱统率三军的将领!
退却是为了回避强大的敌人,
难道你也懂得残酷的战争?

在一眼望不尽的边陲,
敌人的大军纵横扎营!
进攻的敌人犹如饥饿的狼群,
轻敌迎击岂不是白白送命?

对付顽强敌人的最好手段,
莫过于割地以偿议和求情。
我们虽说遭受一时凌辱,
却能避开灾祸求得安宁。"

米拉尕黑的怒血奔腾!

米拉尕黑啊义愤填膺!
对胆怯的将领能让他反省,
叛国的逆贼他决不能容忍!

"叛贼!你问我是什么人?
我是英雄祖先的光荣子孙!
你问我是不是懂得战争?
我知道只有无情地歼灭敌人!

叛贼!你捏着统帅的权柄,
却无耻地夸耀敌人的威风!
面对强盗暴戾的入侵,
你只知道将锦绣山河拱手让人!

叛贼!你率领着十万大军,
却卑微地向敌人摇尾乞怜!
如果一个人已出卖了灵魂,
他活在人世上还有什么用?
叛贼!你是人民的罪人,
你让无辜的老百姓窒息呻吟;
你让神圣的大地遭受踩躏,
你是认贼作父的无耻奸佞!

听着!你这背叛人民的奸佞!
我们的妇女和婴儿向我命令,
我们哭泣的土地给我权柄,
留下你,我的剑也不会答应!"

那卑贱的将领来不及躲闪,
米拉尕黑的坐骑已四蹄腾空;

只见一道泛青的寒光飞过，
黑血冒出了那软弱的脖颈！
……

一九
仙马缓慢地奔跑一阵，
米拉尕黑再也无法隐忍，
他小心地打开禁闭的心灵，
放出了那拨动心弦的歌音——

"我等了整整七十二天，
盼望着和心上人会面；
我心里有一本难念的经，
只有你才能打开来看。"

米拉尕黑扣住歌弦，
引来了莎菲叶羞涩的询问：
"这像是一支古老的歌，
噢，我象是在哪里听过？"

米拉尕黑一阵欣喜，
决意打开她记忆的闸门：
"如果你喜欢这古老的歌，
我愿意为你一路上解闷——"

"我在险途上赶了七十二天，
来和盼望的亲人会面；
我生平没有念过经典，
你的经我要打开看看。"

歌音拨动了莎菲叶的心——
"人世间难道有这样的爱情？
你可曾见过一对恋人，
他们的生活想是美满幸运？"

爱情一经触动，
心灵就会靠近；
顺着打开的路径，
他要拼命地追寻！

米拉尕黑述说着往事，
他说得那样娓娓动听；
有时像那大河的奔腾，
有时却像那细雨蒙蒙。

他说着阿斯玛达朗的奇峰，
和那莫知敦战旗的光荣；
他说着苏瓦河水怎样痴情，
和那萨拉山的月亮多么晶莹。

深情的话语像洁净的泉水，
洗涤着莎菲叶心上的迷尘；
爱情用那不可遏制的洪流，
冲击着那昏睡的心灵苏醒！

莎菲叶像是沉入虚幻的梦境，
看见心上飞出了魔鬼的怪影！
她紧紧抓住米拉尕黑的腰身，
发出了惊动山河的声音——

"啊！我是不是在做噩梦？
我为什么来到这荒原野岭？
骑手啊你要把我带向何方？
为什么你要搅动我破碎的心？"

智慧和勇敢战胜了恶魔，
忠诚的心终于唤醒了爱情！
这声音来自那遥远的天空，
又像是来自那深深的心……

米拉尕黑掏出半面宝镜，
把它送到莎菲叶的手心：
"莎菲叶啊，我心上的人，
快让这破碎的爱情缝合！"

莎菲叶像是万箭穿心，
掏出了贴身的半面宝镜，
当宝镜合缝纹痕失踪，
她禁不住喷发的泪雨倾盆——

"啊！我的米拉尕黑阿哥，
我们为什么在这里相逢？
你可是来自遥远的军营？
为什么不到家里拜见至亲？"

看到莎菲叶已经苏醒，
米拉尕黑说不出的欢欣！
听到莎菲叶熟悉的声音，
米拉尕黑心里注满激情。

他述说了离别后的艰辛,
句句都使莎菲叶心疼;
他述说魔鬼带来的灾情,
句句都使莎菲叶愤恨!

艰难单位里程充满悲切,
相逢的欢乐愈合了伤痕;
真诚的爱情能平息风暴,
得来不易的幸福倍感贵重。

选自汪玉良:《米拉尕黑》,甘肃人民出版社1981年版

观猎鹰

精心铺设的芳草
无愧于造化的逼真
阳光很灿烂很明亮
一只招摇的家兔只是
诱饵。罗网大睁一千只瞳孔
瞄准凌空之枭

是一次认真的欺骗
是一次智慧的劫持
谎言说得那样流利
捕猎者庄严而慈祥
被俘者交出的是自由
胜利者则赢得了欲望
勇猛和敏捷
都无法抵挡狡狯

荣誉和羞辱瞬时换位
已见分晓的结果令人炫目
酸楚过后亦觉难怪
鹰有锐利的眼睛
也配有贪婪的嘴巴
锐利一旦被贪婪吞噬
便只剩下黑色利爪
为万物之灵效力

凡是成为交易的
都能互为补偿
我们只需冷眼
低空有驯服的鹰犬
途中平添豢养的刺客
忠实和叛卖都平衡在同一
天平上。惟家兔颤声愕然

选自汪玉良：《水磨坊》，甘肃人民出版社1999年版

【评析】

汪玉良是东乡族的第一位诗人，创作了大量反映东乡族人民生活和精神风貌的优秀诗歌，填补了东乡族文学和中国多民族文学的空白。汪玉良的《米拉尕黑》是一部长达3000多行的东乡族英雄史诗，是他重要的创作贡献。米拉尕黑是东乡族口头文学中的传奇英雄，其传奇事迹以民间叙事诗的形式长期在东乡族人民中传唱着。汪玉良收集了关于米拉尕黑英雄传说的大量素材进行整理，在不影响民间传说的基调和基本精神的原则下，重新构思和创作了《米拉尕黑》。

史诗《米拉尕黑》共有二十一节，开始写东乡族英雄莫知敦保家卫国凯旋之际，敌人的一支冷箭射向一个儿童，莫知敦挡箭救了孩子的命，自己却献出了生命。这个得救的孩子就是米拉尕黑。接下来讲述米拉尕黑的传奇故事。十五年后，米拉尕黑成长为一位英武的少年。他在

夜晚的月亮里看到了未来妻子的面容，于是不辞艰辛去寻找爱情，终于找到了莎菲叶，而美丽纯洁的莎菲叶就是莫知敦的女儿。纯情的米拉尕黑和莎菲叶在古尔邦节定下了婚姻，并发誓永不分离。两人婚礼尚未举行，边境外敌入侵，城池被占领，百姓惨遭杀戮血流成河。英雄的米拉尕黑以保家卫国为责任，他告别恋恋不舍的莎菲叶。两人将一面月光宝镜分成两半，相约宝镜合缝团圆。米拉尕黑带领三千兵士奔赴战场。在途中遇到贪生怕死、叛国逃跑的统帅，米拉尕黑斩杀了这个卑贱的人，劝服十万逃跑的兵士和将领，鼓舞士气，带领他们重新投入战场，狠狠地打击了敌人。但狡猾而贪婪的敌人采取拖延战，于是一场残酷的战争进行了八年。米拉尕黑带领军队，用他的勇敢和智慧最终赢得战争。英雄凯旋受到国王无上的礼遇。但米拉尕黑不贪慕荣华富贵，急切地只身回到家乡去见莎菲叶。可是，这时候莎菲叶却被魔鬼蒙蔽了心灵，忘记了与米拉尕黑的婚约，要嫁给奸人马成龙。在迎亲那天，米拉尕黑借助神仙送的仙马，搅乱迎亲队伍，与莎菲叶一起跨上仙马获得自由，并惩罚了恶人马成龙。然后，米拉尕黑用歌声唤醒莎菲叶，驱走她心中的魔鬼。甜蜜的爱情重新来到两个人的心中。

《米拉尕黑》歌颂英雄米拉尕黑对祖国、对人民的无比忠贞和献身精神，展现了自己民族的苦难历史和坚韧精神，歌颂米拉尕黑和沙菲叶纯洁、美好的爱情。此处节选的第一一节讲述米拉尕黑斩杀叛乱逃亡的统帅的情节，从中可以看出他对祖国、对人民无比忠忱的献身精神和爱憎分明、勇敢智慧的品质。第一九节写米拉尕黑将莎菲叶从娶亲的路上救出，用歌声唤醒她的记忆，用智慧挽回爱情，终于使月光宝镜重圆的情节。描绘出米拉尕黑的深情、智慧和坚定不移，也刻画了莎菲叶的善良纯情，其中包含着人们对美好爱情的祝福和歌颂。

《米拉尕黑》是一部完整的英雄史诗。虽然以文字的形式呈现，但基本保留着史诗作为口头文学的程式。比如以米拉尕黑为中心人物，以英勇的战斗和勇敢的行为塑造英雄形象，故事中有神和魔鬼的出现，英雄进行着一场持久而凶险的旅程且充满奇异色彩，以及东乡族语言特色的修辞程式等，所以在史诗艺术表现上是要大力肯定的。此外，史诗中人们歌唱、赛马、篝火、射箭、古尔邦节等风俗事象，以及山河巉岩等景物描写都有浓郁的东乡族民族色彩，对英雄祖先的讴歌、对爱情的赞美以及神话的运用都凝聚着东乡族的民族文化精神。所以，汪玉良的《米拉尕黑》既有史诗的艺术价值，也有研究一个民族的珍贵的史料价值。

《观猎鹰》是汪玉良20世纪90年代的诗歌，人生阅历的积淀与深邃的思考结合在一起，闪耀的思想火光给人以警醒。首节写芳草地上的家兔并不知道自己是身处危境中的诱饵，还在招摇，更不知道美丽的芳草地其实是临时铺设的。阳光那样明亮，这美好的画面都已被人设了局。家兔不知道，空中的鹰也不知道。一张罗网正对着天空，等待捕获真正的猎物。在这一场捕猎中，捕获了家兔的鹰是胜利者吗？可是它落入了捕猎者的罗网而交出了自己的自由。无论鹰有怎样的勇敢和敏捷，又怎么抵挡得了捕猎者的狡狯？认真的欺骗、智慧的劫持通常以捕猎者那庄严而慈祥的姿态出现。这不由令人惋叹，鹰的锐利一旦被贪婪吞噬，它黑色的利爪就只能为人操控，沦为驯养的鹰犬。荣誉与羞辱、忠实与叛卖，这样的情形无论在历史还是现实生活中天天上演，而你是那捕猎者？是那只鹰？还是颤抖愕然的家兔？这是一首以犀利的眼光穿透生活的诗，确实有"精神到处文章老"之味。但诗人摆脱了对深厚生活经验的直接呈现，以诗意的提取和创造，借助观猎鹰的一个场景，使混沌的生活走向清晰，引人深思。这些都是借助于自成一体的一首诗，一个艺术世界来完成的，这就是诗歌的力量和魅力。

诗人汪玉良用他的创作结束了东乡族没有作家的历史，填补了东乡族文学和中国多民族文学的空白，丰富了中国民族文学的宝库。

【扩展性阅读书（篇）目】

汪玉良：《米拉尕黑》，甘肃人民出版社1981年版。1982年获第一届中国少数民族优秀文学创作一等奖。

汪玉良：《水磨坊》，甘肃人民出版社1999年版。2002年获第七届全国少数民族文学骏马奖。

李云鹏的诗

【作者简介】

　　李云鹏（1937—），笔名劳犁、伍竹等，甘肃渭源人，诗人。历任《甘肃文艺》编辑，《飞天》编辑，主编。著有《忧郁的波斯菊》《三行》《零点，与壁钟对话》《西部没有望夫石》等诗集，以及《进军号》《血写的证书》等多部叙事长诗。作品曾多次获甘肃省文学奖。1999年获甘肃省劳动模范奖章。

卖埙的孩子

这粗陶的响器
朴拙得近于一团原泥
想见制埙的祖父鼓突的指骨
就理解有些埙
何以变形得被纸币拒绝

卖埙的孩子手捧着埙
像捧着一个怯怯的鸟巢
颤颤的双唇吹出的
只是信口无腔的招徕
幻觉里有鸟翅翩然而至

翩然而至
将泥的埙换算成
揉皱的角币和

几册小学课本的价值
埙的小口是张大的渴望

孩子脸上制作的微笑
比祖父的手艺粗糙了许多

当最后一位过客走进夕阳
卖埙的孩子
被失望烧制成一颗木呆的埙
在北方的晚风里苍凉

选自《绿风》1997年第5期

走近望天树

不会以侏儒的身份走近望天树
我的尊严是望天树

我的仰望是一种目测
我的目光竖起
有望天树不及的高度

一朵红云在我的目光之高树越过
然后如玉鸟下落
栖在我目光中段的望天树
似一面扯展的旗

但望天树比我的目光高伟
如果它成为我心中的旗杆

选自《人民文学》1998年第1期

【评析】

　　李云鹏是位多方探索的诗人。20世纪80年代的诗集《忧郁的波斯菊》中有大量表现西部风光与人民生活的"西部诗歌"，诗风豪放旷达、张扬恣肆。1997年出版《零点，与壁钟对话》，属"香音神诗丛"之一。这本诗集中的诗歌，"西部风"有所弱化，但诗人转向了对更为广阔的大自然和社会生活的感受的沉潜和抒发。

　　《卖埙的孩子》摄取街头一个孩子卖埙的场景，诗人想到制作埙的祖父，由此而赋予"埙"一种沧桑感。诗人以同情进入孩子的内心世界，以"颤颤的双唇"写孩子吹埙招徕生意时内心的惶恐，将孩子内心的希望形象化为"鸟翅翩然而至"，而"埙的小口"是诗眼，将孩子卖埙的行为与孩子对知识的渴望联系在一起，由此提升了诗歌的境界。但孩子的希望最终落空，"被失望烧制成一颗木呆的埙"。我们由此体味到诗歌同情和悲悯的情感。

　　《走近望天树》一诗思考人生的尊严。诗歌中的妙笔是"一朵红云"在"我"的目光中如"玉鸟下落"这样的意象和图景，它告诉我们，原来那些被高高仰视的东西，有时它的高度不过是来源于我们将自己降为侏儒的仰望，因为我们心中没有高伟的旗杆，才会对原本并不高明的东西仰望膜拜。这首诗奇崛孤傲亦不乏含蓄内敛，在凛然骨气中也不乏虚怀若谷，具有人生哲思的意味。

【扩展性阅读书（篇）目】

　　李云鹏：《零点，与壁钟对话》，作家出版社1997年版。

何来的诗

> 【作者简介】
> 何来（1939—），笔名周触，甘肃天水人，当代著名诗人。曾任甘肃省作协副主席，《飞天》副主编，编审。著有诗集《断山口》《爱的磔刑》《卜者》《热雨》《侏儒酒吧》《何来诗选》及《何来短诗选》（中英文对照）等。组诗《写在莲花山的歌海里》和诗集《断山口》分别获得甘肃省第二届、第三届优秀文学作品奖。

卜者

我们大家的命运
都掌握在他的手里
那手蓄着长长的指甲
沾满灰尘和汗渍
在命运面前
我们都怀疑自己是弃儿
遂神圣而玄秘

掌握着前程和婚姻
掌握着钱财和子女
我们须臾不能没有
这四颗太阳的照晒
唯他通晓这些太阳的出没
都会经过哪些关隘和谷地

他说出的
都是我们早已想到的
我们总是不相信自己的心
只相信自己的耳朵
我们的虚弱
就是他的根据

只要你说出自己的欲望
就等于告诉了他一切
他掐指盘算的只是
让你得到多少安慰
再添几许焦虑

黄昏我们纷纷走散
各自去验证他的预言
那颗你最渴望的太阳
好像就会冉冉升起
只有卜者茫然地坐着
在一个被遗忘的角落里
他此时才渐渐想到
今夜归宿何处

箭毒树

在狼烟四起的战争里
士卒磨利铜和铁的箭镞
再蘸上这树的胆汁
一旦敌人中箭
就会有一条毒蛇

死死地咬住他的心
叫他从心上开始溃烂

而今
我要奉劝这树
深深地隐藏早人迹难至的地方
万万不要暴露自己
卑鄙的诽谤者
已经磨利了另一些箭
正在四处找你

未彻之悟（五十九选三）

十一
一株向日葵
两位诗人和一位农人

一位诗人赞叹着向日葵
啊你的心是何等的虔诚
它穿过黑暗
守候着熟睡的太阳

一位诗人蔑视着向日葵
啊你不断扭动着卑贱的脖颈
究竟在向谁乞讨
你永远得不到的东西

农人不屑地说诗人
你们在对向日葵嘟哝些什么

你们这些不正常的人
为什么不说说今年的收成

四十三
鸟儿的飞翔
永远不会高于自己的翅膀
水禽的潜游
永远不会深于自己的蹼足
我们的思维
总是不会超越一条无形的雪线
只有灵感才会
把我们内心的所有魔障
突然击穿

五十六
所有的云朵
都在默默地低着头走路
所有的野花
都在悄悄地抬起头看人

所有的放纵
都在毁坏诗的栅栏
所有的美
都在节制中渐次展现

选自何来：《何来诗选》，作家出版社1997年版

【评析】

何来是位深刻的诗人。他的诗最为明显的特色是贯穿于诗中的"思"。20世纪80年代的著名长诗《爱的磔刑》以诗人与俄罗斯女诗人阿赫玛托娃对话的形式，对生死爱恨和祖国等命题进行了悲剧性追问，

既有酣畅淋漓的感情流泻，更有深刻的理性思辨色彩。

20世纪90年代以来，何来诗中"思"的意味更加明显，但这并不意味着诗人在诗歌中要表达某种智慧，或者透过生活现象来总结人生哲理，他的诗更多的是对生活的审视、人性的剖析。《卜者》中的卜者，掌握着别人的命运，告诉别人怎样去安排和获得前程、婚姻、钱财、子女，而他本人直到黄昏，才要想自己归宿何处，多么讽刺和荒诞。卜者的存在正是由于他掌握了世人对于命运的迷惑、世俗生活中的欲望和内心的虚弱，这首诗引人深思人性的弱点。《箭毒树》一诗借箭毒树来书写社会世相。箭毒树本身有毒，人们用它制作毒箭射杀敌人，它不过是被人利用的工具。而现在卑鄙的诽谤者将所有的罪恶归于箭毒树，欲杀之而后快。这样的联想既奇诡又真实，它揭示"最毒不过人心"的人性可谓惊悚而深刻。从这两首诗可以看出，何来的诗中的"思"是关于日常生活的精神印记，以观看和跳动着的灵性，将一种痛感和惋叹用锐利且含蓄的诗的语言贯注在一些场景、一些现象中，让人在一种荒诞或者奇异的感受中看到事物的本质，从而鄙弃某些东西，这样的诗让人的心灵深刻，也提供一种超越精神的启示。

何来的诗的"思"还表现在他对诗的奥秘和诗学命题的探索。《未彻之悟》组诗中，大量的诗可以看作是诗人通过以诗论诗的形式进行的关于诗歌、艺术和美的诗学命题的思考。《未彻之悟（十一）》用两位诗人面对同一株向日葵的不同态度指出诗人主体意识对于诗歌的重要作用及其诗歌的个性化。而农人与诗人对向日葵的态度的巨大差距，则引人思考何谓诗、何谓艺术，进而思考艺术的功利性与非功利性，实用性与审美性这些命题。《未彻之悟（四十三）》则形象地描绘了艺术创作中思维涩滞、百思不得其解、一旦灵感来临而顿悟如若神助的特点。《未彻之悟（五十六）》则是讲美不是无限制的自由放纵，它还要注意节制，也就是说，在收放之间达到一种平衡的艺术才是美的。

【扩展性阅读书（篇）目】

何来：《何来诗选》，作家出版社1997年版。

李老乡的诗

> 【作者简介】
> 李老乡（1943—），又名老乡，河南省伊川县人，中国作家协会会员，甘肃省作家协会副主席，曾任《飞天》编审。著有诗集《春魂》《老乡诗选》《野诗》《野诗全集》《被鹰追踪的人》。2005年《野诗全集》获第三届鲁迅文学奖全国优秀诗歌奖。

羊皮筏子

一群羊被杀之后
长得又肥又胖
胖胖地在河里漂着

撑篙的汉子不知何时
当了无头的首领
被那无头的羊们三番五次
举过了黄河

没毛的羊光光的羊
被人吹胀肚皮的羊
自己运走了自己的
毛和肉

原载《人民文学》1987年1-2合刊

西照

鹰也远去
又是空荡荡的
空荡荡的远天远地

长城上有人独坐
借背后半壁斜阳
磕开一瓶白酒一饮了事
空瓶空立
想必仍在扼守诗的残局

关山勒马也曾
仰天啸红一颈鬃血
叹夕阳未能照我
异峰突起

原载《星星》1987年第4期

在蚂蚁村度假的日子

我不怀疑　我黄豆大的小思想
在蚂蚁窝里生出的豆芽
会成为窝里的柱子
或大梁

是谁撒了一泡尿　给蚂蚁
带来凶猛的山洪
又是谁　在蚂蚁逃奔的路上
投下个个石子

诗学现场

逼它们翻越重重关山

我承认　在蚂蚁村度假的日子
目睹发生的许多事儿
许多　我弄不明白

明白了又能怎样　我总不能
揭自己的老底吧
——他已白发苍苍　他在
逗蚂蚁玩呢
他老成了孩子

天伦

我买到了江山买到了
十五平方米的高层房间
我要发光发60瓦的光芒
照耀我的小天小地我的
二十年河东三十年河西

夹着铺盖卷的妻子儿女
涌进门了
我饱含热泪
举起伟人般的手掌
拍了拍我的人民

原载《诗刊》1997年第1期

【评析】

李老乡写下了大量优秀的诗歌。《羊皮筏子》体现了李老乡的诗

.058.

构思奇巧、出人意料，有破坏常规思维的"野性"，诗歌陌生又亲切，给人奇异、印象深刻又回味无穷的感受。羊皮筏子是中国黄河上游一种古老的水运工具，由十几个吹气鼓胀的山羊皮扎成，顺水漂流。兰州的羊皮筏子尤为有名。《羊皮筏子》一诗构思奇巧，把撑篙人称作被制作了羊皮筏子的死羊们推举的首领，"被那无头的羊们/ 三番五次/举过了黄河"这样的诗句出人意料又贴切有味。诗歌写人和羊的关系，羊皮做了羊皮筏子，羊毛成为人的衣饰，羊肉被人吃了转化为人体的肉，羊皮筏子运载人就是羊在运载自己的毛和肉。李老乡对羊与人之间关系的联想，让人惊叹诗人思维的敏锐，在对羊的命运的同情里，还有更为复杂的难以言说的感受，用悲哀、悲剧、怪诞、感慨这样的词语都难以表达。在羊皮筏子这个意象里，人与物相交融的感受中蕴含着多层次的生命抒情。

李老乡也在长期做《飞天》文学刊物的编审工作中，发现和培养了一批诗歌新人。20世纪80年代中期之后，经由80年代初朦胧诗掀起的全国范围内的诗歌热开始退潮。这也使得李老乡非常关注诗歌在当代的命运。面对诗歌在当代世俗化的大环境中边缘化和衰落的境遇，孤独的诗人感慨万分。《西照》一诗中"鹰也远去"，"又是空荡荡的天空"可以看作是在20世纪80年代前期诗歌繁荣后的一个落潮。那夕阳下独坐长城独自饮酒的人，难道不是在诗歌的长城上执着地"扼守诗的残局"的诗人？诗人也曾试着远离诗歌如关山勒马，然而内心激荡的诗情又似骏马"仰天啸红一颈鬃血"，怎能阻挡得住？只可惜在这犹如夕阳的诗歌走向中，诗人未能异峰突起。

李老乡也是位与现实人生亲密无间的诗人，他善于提炼生活现象入诗，诗中饱含着浓厚的现实关怀和善的情怀。《在蚂蚁村度假的日子》以自己老了，像顽童一样逗着蚂蚁的一件小事入诗，深刻地揭示了一种生活的真相和思考。首节以自嘲的口吻写自己不过是和蚂蚁玩的小人物，但他的小思考也未尝不能深刻地认识现实，未尝不是精神的支柱，这意味着对下几节诗歌中思考的问题的确认。第二节写奔忙的蚂蚁受到捉弄的灾难，结合末节"他在逗蚂蚁玩呢"的诗句，让人联想到小人物的命运：有时候小人物的巨大的灾难不过是那些身居高位的大人物的一句玩笑或者恶作剧。末节则是一种自省，真正的意图却可能是对许多大人物做出无理性的举措而伤害民众的透析与批判。从对百姓生活的深切同情中，可以感受到诗人内心的悲凉痛楚。但李老乡从来不是一个愤怒的诗人，他内心的愤激时常隐藏在平和的格调之下。

李老乡的诗的独特还在于在现实人生中提炼和观照生存的悲喜。在这种提炼的过程中，能以机智的眼光观照现实，为人生的酸甜苦辣注入一点反讽、一点心酸、一点同情和一点幽默，形成悲喜交加的阅读体验。《天伦》以"江山""伟人""人民"这样的"宏大"意象与"十五平方米的房间""我""妻子儿女"这样的现实形象互相照应，形成对比，制造出自我解嘲、忍俊不禁的喜剧效果；同时以"欢腾"写"艰辛"，以乐写哀，更显其哀，老百姓生存的艰辛催人泪下。

李老乡的诗大部分密切联系现实。他的诗告诉人们当诗歌是一种艺术时，从形式上看它是高蹈的。但诗的精神与人、与时代、与社会的联系却是最为密切的。它应该为人真切的存在境遇而歌唱，而不是自我臆想矫揉造作的呻吟，或者只凭语言技巧堆砌诗意。所以，从李老乡的诗中，可以看出诗人对诗歌精神的坚守，对诗歌艺术的追求。

【扩展性阅读书（篇）目】

李老乡：《野诗全集》，敦煌文艺出版社2003年版，获第三届鲁迅文学奖全国优秀诗歌奖。

李老乡：《被鹰追踪的人》，敦煌文艺出版社2013年版。

文学史资料：

甘肃"归来诗人"与香音神诗丛

粉碎"四人帮"后，在全国诗坛"归来"诗人的队伍中，甘肃诗人唐祈、高平、伊旦才让、汪玉良、何来、李云鹏、李老乡等人也身在其中。他们在文革前都已登上诗坛，但大部分在新时期步入他们诗歌的主要收获期。这些诗人在新时期创作时间长，作品质量高，风格多元化，也为甘肃诗歌创作实绩和发展做出了重大贡献。1997年12月，作家出版社为甘肃5位实力诗人出版了"香音神诗丛"，有高平的《高平诗选》、何来的《何来诗选》、老乡的《野诗》、李云鹏的《零点,与壁钟对话》、伊丹才让的《雪域的太阳》,这是甘肃诗歌发展史上一个重要的事件,是甘肃诗人向外部世界的一次带有集体性质的亮相。可以说,他们前承李季、闻捷等诗人为甘肃诗坛留下的强大的诗歌传统,后启1990年代至今撑起了甘肃诗坛大半天空的中青年诗人,为甘肃诗歌走向诗歌大省开拓了一条阳光大道。

林染的诗

> 【作者简介】
> 林染（1947—），河南汝南人，中国作家协会会员，中国散文诗研究会理事。曾任《阳关》杂志编辑，副编审，甘肃省作家协会副主席。出版诗集《敦煌的月光》《林染抒情诗选》《相思路》等，著有散文《西北五题》《敦煌的变奏》等。作品入选海内外400多种诗歌、散文和儿童文学选本，多次入选大中小学及幼儿教材，部分诗作被译成英语、法语、日语、马其顿语等文字。获多项文学创作奖。

敦煌的月光

当那些
裸着双肩和胸脯的伎乐天
那些瀚海里的美人鱼
起伏的手臂摇动月光
我听见了她们的歌唱

银色的瀚海情思澎湃
珊瑚形的红柳
一丛丛熊熊燃烧着
火焰是黑色的，浓黑色的

她们从沙丘舞向沙丘
飘带撩动星群
猩红色的星群在沉浮

我的三危山也在沉浮

她们会舞到我的山岩上
把我带进波涛下的花园
永远沉寂的花园
永远动荡的花园

美丽而冷酷的夜色
你不要退去

选自《林染抒情诗选》，青海人民出版社1988年版

两个野草气息的牧童

两个孩子在公路边招手
卷曲的头发、眼睛比寂寞更亮
两个孩子和远处的三座雪山
像天空底处的鱼儿
浩瀚的高原，没有波浪的季节

我们的旅行车匆匆奔走
两个野草气息的牧童
目光把我们推得越来越远
河流是真正的心思
一路陌生的梦和记忆
旅者像沉落进大野的小水洼
呆望着寺院
蓝色的冰闪烁念青唐古拉山巅
人迹罕至
偶尔的白羊从黑夜浮出

又没入黑夜

雨水和银灯草的拥有者，高处的星
它把生命出租给巨大的时间
两个孩子在荒凉中招手
我们感受到静
看到了没有座位的野鼠
同爪痕相融合的毛色
同我们的旅行服形成了反差

接下来依然是空荡荡的道路
还有雪

选自《人民文学》1993年第7期

【评析】

  林染的诗歌具有典型的西部风情特色。1982年，林染在《阳关》杂志打出"新边塞诗"的旗帜，并创作了大量的诗歌来实践自己"西部氛围说"的艺术主张。诗人同游牧者、拓荒者、哈萨克阿肯结伴，在雪山、大漠、胡杨、牧女等组成的具有鲜明西部特色的山川地貌中，"起伏在太阳的鬃毛上飞驰，激荡和碰撞"，张扬西部生命精神的律动，在"伎乐天""烽燧""胡马""烽烟""楼兰"等历史的遗迹中触摸民族的忧患，挖掘民族精神。林染诗作的总体风格偏于壮观绚丽又不乏青春气息。

  《敦煌的月光》一诗充满神奇瑰丽的想象。一个敦煌的夜晚，月光照彻的大漠成了银色的瀚海，敦煌飞天们翩翩飞舞着歌唱。她们像那美人鱼，舞过一波又一波波浪起伏的沙丘，红柳像海里的珊瑚又像燃烧的火焰，天上的星星也跟随飞天舞动的飘带明明灭灭，起起伏伏。在这首诗里，诗人把天生的诗歌意识的想象、敦煌艺术的美感和诗性思维的跳跃完美地结合在一起，诗笔成了点石成金的魔杖，魔杖挥舞之间，敦煌的月色就幻化成一幅瑰丽神奇的画面，引人心神摇曳。而诗人情感则是浮想联翩的动力，星星、三危山和"我"的沉醉，推动的是"她们会舞到我的山岩上/把我带进波涛下的花园"，也就是人与情境完全融为一体。而这一切既是沉寂的，也是心潮澎湃的。总之，这首诗以神奇的想象描画出一幅瑰丽飞动的画面，那样地幻美。

"20世纪90年代以后，林染创作的精神向度发生转变。组诗《西藏的雪》是诗人林染回归意识、寻找家园的代表之作。其中备受赞誉的《两个野草气息的牧童》传达出西藏大地与其养育的生命自然契合的神性本真，生命回归到人与自然相互皈依的灵性的家园。不过，我们，这些穿着同自然生命形成反差的旅行服的人，回归家园才真正感受到自己对自然生活的游离。寻找家园之旅有了现代性反思的味道，也有了悲歌的味道。"[1]

【扩展性阅读书（篇）目】

林染：《林染抒情诗选》，青海人民出版社1988年版。

林染：《西藏的雪》（组诗），《人民文学》1993年第7期。

文学史资料：

新边塞诗派

1983—1986年，西部诗歌以其旗帜鲜明的"西部诗论"和充满"西部氛围""西部意识"与开拓精神的创作实绩，树立起独放异彩的"中国西部诗群"的形象，成为继朦胧诗之后中国诗坛又一个壮丽的景观。这一流派的诗歌在理论上最初的倡导是"新边塞诗"，此后逐渐倾向"西部诗歌"的说法。被中国诗歌评论界列入"西部诗人"的有唐祈、昌耀、周涛、杨牧、章德益、肖川、李瑜、林染、马丽华、魏志远、老乡、何来、李云鹏等。当时的西部诗歌群体是相当庞大的。[2]

---

[1] 叶淑媛：《新时期甘肃诗歌论》，《甘肃社会科学》2010年第5期。
[2] 洪子诚、刘登翰《中国当代新诗史》，北京大学出版社2005年版，第165页。

匡文留的诗

> 【作者简介】
> 匡文留（1949—），女，满族，辽宁盖县人。中国作家协会会员。著有《西部女性》《第二性迷宫》《情人泊》《匡文留抒情诗》等10余部诗集，亦有诗论集、散文集、长篇自传、长篇小说等作品，共出版文学作品20多部。获多种文学奖项。

长长的夜是一杯酒

总有疏枝横斜
将窗幔上圆圆的月
切刻成支离的意象
徐徐呷着红酒
夜　沉船般
坠入杯底

长长的夜仅仅是一杯酒
品尝着圆月上支离的意象
品尝不出酒的韵味
长长的夜仅仅是一杯酒
漫长的人生
何尝不是一杯酒呢

徐徐呷着红酒

乞望你随夜色将我包围

选自《民族文学》1991年第3期

风上红柳

在扭曲的肢体上
在怒放的手指上
颈与颈的纠缠
臂与臂的撕扯
酒醉的探戈荡气回肠
哪个为爱流血的女人
这般极致

偷袭所有的领地
穿行于沟沟壑壑
便也从一切开始的地方
破门而入
纵贯血脉中心
叫自己与熟悉的隐私
空空荡荡仿佛误入
陌生的房间

被称作风的异性
导演这些曲线的舞蹈
风上的极致
几乎是每天的高潮

风紧贴我的所有细微处
美轮美奂

我不由以你的舞姿渐入佳境
我就成了你，在风之上
从原始抵达未知

选自《诗刊》1999年第3期

【评析】

　　满族女诗人匡文留是新时期甘肃诗坛出现较早、为读者所熟知的一位诗人。《匡文留抒情诗》是她数十年心血的结晶。匡文留诗歌的两大主要内容是西部和女性。她描写西部的土地、风物和现实人生的诗，具有明显的西部风情特色，在表达上西部意象缤纷，主体情感投入饱满，具有较强的可读性。而从女性自我认知的角度来讲，匡文留是甘肃当代诗坛最早张扬女性意识的诗人。匡文留的大部分诗作集中在20世纪80年代至90年代前期。对女性内心情绪、渴望的宣泄也是当时"女性诗歌"的显要特征。匡文留的诗在对女性身份的强烈认同中黑夜意识也时显其中。

　　《长长的夜是一杯酒》一诗将夜晚的情绪、人生的况味与独呷的酒联系在一起，品酒亦是品人生。人生总是追寻圆满，可就像这夜晚，圆月的影子投在窗幔，疏枝横斜将圆月切割支离。于是，夜色里独呷的诗人在寂寞和伤感中独坐到天明。从这首诗来看，匡文留的诗与1980年代后期出现的以伊蕾、翟永明等人为代表的"女性诗歌"之间具有呼应性。

　　但匡文留诗歌的女性意识还有她的独特之处，那就是诗歌中表达的西部女性的狂放感赋予她的诗的另一种意味。《风上红柳》一诗中西部红柳是西部女性的象征，执着的姿态流露着西部女性爱的热烈和深情。这样的诗自然区别于大部分喁喁独语、黯然神伤的女性诗歌。

【扩展性阅读书（篇）目】

　　匡文留：《匡文留抒情诗》，香港天马图书有限公司1994年版。

彭金山的诗

【作者简介】

彭金山（1949—），笔名金山、菊山，河南南阳人，中国作家协会会员，诗人、学者、诗歌评论家。在《文学评论》《人民日报》《诗刊》《星星》等刊物发表大量诗歌作品，文学研究和评论文章百余万字。有《象背上的童话》《看花的时候》《大地的年轮》3部诗集出版。

推手推车的妈妈

小车吱嘎吱嘎从校门口经过
在我心上印下深深的车辙
呵！老妈妈——您早——
我多愿作你的道路
托起你的双脚
你的小车，你的生活
路还很远很远呵
雁阵丈量不尽的天空
霜花
落在你的头发上了

妈妈我不知道
夜来你可睡得安稳
恨我书生的手指
竟不能为你家的炉子

添几块煤火
昨天你的小孙子又没来上课
班长说他捡煤渣去了

呵！妈妈你可记恨我
——那个穿着皮鞋喝油茶的教书先生
他责罚过你孙子都为
他在语文课上迟到……

落雪了

给我
你的手
昨日一握寒秋
尽散作今宵无数温柔

如语　如语

终不能拒绝你
大片大片
覆盖我的人生
我的名字也是其中一篇么
在生命的途中
起舞翩翩
看不清前头的路
总有一只迎接的手
扶我
走进土地或河流

给我
你的手
无尽温柔又如此强大
只把世界织进同一种深白
走出自己或埋没自己
终为爱的缘故
远方
有人已站成几度雪花

忘不掉的是冬雪的洁白
走不出的是今夜的温柔
给我
你的手

叶子很稠的时候

叶子很稠的时候
你来到这间屋子
抬起头
总能望见那堆叶子悠然站成一支笔
为你
描画时淡时浓的心境
身边那只凳子
间歇变幻面孔
剥落的是油漆
而面孔永远新鲜
夜深人静的时候
凳子和你一同陷入回味
那时叶子就在窗外起劲鼓掌

手拍疼的时候
雪花就次第登场了

这儿是高原
没有山会超过树的高度
逃离苍白的最好方式
是打开窗子
打开窗子
又见叶子很稠的时候

以上选自彭金山诗集《大地的年轮》，内蒙古人民出版社2008年版

【评析】

彭金山的诗既有真情实感，又有醇厚韵味，易引发联想，也耐人咀嚼。这里选的三首诗，代表了虚实不同的艺术风格。

《推手推车的妈妈》赋诗造境偏于"实"，诗人从听见校门口手推车的声音想起推手推车的妈妈生活的艰辛，延伸到妈妈的小孙子为捡煤渣而旷课的窘境，中间写到"我"作为教师的责任和是否管束的矛盾心境。作品中对底层民众设身处地的体恤和关爱之情溢于言表，对社会的不平等的无声抗议和一介书生无能为力的隐痛交织在一起，读来感人肺腑。

《落雪了》和《叶子很稠的时候》偏于"虚"，借景抒情，诗意朦胧。

《落雪了》有两个意象的重叠：一个是落雪，雪的洁白是爱的纯洁；一个是握手，以握手将爱的力量联接。两者互为象征物，表达纯洁的爱之交融和力量，有一种缠绵深厚而悠长的情意和思绪。"落雪了"似乎形容"一握寒秋"的结果和引发的感受，并将其扩散至自己整个人生过程的回顾，感怀"你"对"我"源于爱的温柔的强大力量。"给我""你的手"的首尾照映和循环往复，像是满足之感，又像是新的期待，余音袅袅。"雪"的形象和"落雪"的意象与"你"和"握手"的

关联，是为"诗眼"。这首诗的缠绵婉转及其节奏韵律颇有古典诗歌一唱三叹的回环往复之美。

《叶子很稠的时候》含义很朦胧。诗作似乎以时间作为线索，从叶子很稠的时候到"叶子鼓掌拍疼了手"的凋零，再到雪花的登场。但这样的季节更替特色的变幻，并非诗作所要表现的核心，它要与"你来到这间屋子"的情绪和心境融合在一起，才构成一个相对完整地传达诗情的诗歌世界。"叶子悠然站成一支笔""凳子间歇变幻面孔""剥落的油漆""新鲜的面孔"等意象之间跳跃很大，逻辑关系比较费解，却隐约能读出"你来到这间屋子"被触动着的心境，"屋子"可以看作一个自足的世界，是一个精神寓居的场所，从"凳子间歇变幻面孔"和"新鲜的面孔"可以说这个自足的世界也是丰富的。不过，这远远不够。诗作接下来以"逃离苍白的最好方式""是打开窗子"的诗句则将"屋子"里的世界与窗外"叶子"的世界融合到一起，似乎表达着一种人在拥有自己的屋子时也要时时放眼窗外的情思。更广泛地说，这首诗也许蕴含了人要脱开自我封闭的孤高，将自我世界与外在世界都纳入胸怀的时候才能逃脱苍白达到一定的高度的哲思。从诗歌艺术来看，这首诗中叶子"鼓掌"雪花"登场"的联想奇特而别致，而"打开窗子""又见叶子很稠的时候"则是一个打开想象空间的结尾，整首诗含蓄蕴藉，意味朦胧，可作多重解读。

彭金山的诗歌创作把握了虚实相生的妙谛，"实"与"缘事而发"相通，"虚"属化景物为情思一脉，从中可以体悟到诗人对中国传统诗歌创作方法的继承和对西方现代派诗歌技巧的借鉴。

【扩展性阅读书（篇）目】

彭金山：诗集《大地的年轮》，内蒙古人民出版社2008年版。

阳飔的诗

> 【作者简介】
>
> 　　阳飔（1953—），中国作协会员，一级作家，已出版诗歌、随笔、艺术评论著作《阳飔诗选》《风起兮》《风吹无疆》《墨迹·颜色》《中国邮票旁白》《甘肃文物启示录》《百年巨匠：黄宾虹》《左眼看油画》《右眼看国画》《古遗址里的文明》《简牍的惊世表情》《话说兰州》《山河多黄金》《敦煌》等，作品被收入各类选集，曾获《星星》诗刊跨世纪诗歌奖、《星星》诗刊年度诗人奖和甘肃敦煌文艺一等奖、甘肃黄河文学一等奖等奖项。

西藏，迎风诵唱（节选）

1
把大法螺架在唐古拉山口
把大腿骨号架在唐古拉山口
我孤零零一个人逆风站在唐古拉山口
5231米海拔以下
谁在准备听我吹奏

5
海拔接近五千米的纳木措
神和羊秘密联姻的圣湖（纳木措属相是羊）
恍若一面镜子里的镜子
从镜子里向外凝望的纳木措
人类创世纪的某个早晨

蓝得失去了重量
念青唐古拉山或是一位代代相传的银器匠人
打霜打雪打时间白银
要把这个薄薄的秋天打制成镂空花饰的纳木措的形状
纳木措
十万支白羊从你十万片经石中侧身回到人间
其中一只失群的白羊
正从念唐古拉山风雪兼程地往下赶着

6

一座雪山横亘在秋天经过的路上
一座又一座雪山
更高的一座是念青唐古拉峰
鹰的飞翔是经卷的飞翔
天边最早的哪颗星叫做：寺
今夜
谁在用一串骨头项链称量着一整座寺的重量
念青唐古拉峰
有鹰的飞翔我就说你也是一座寺

7

仿佛一座座堆满了酥油和白糖的村庄——
一颗星又一颗星
第七颗星是依山开凿的寺院
念青唐古拉峰捧着过于思索而沉重的头颅
不知安放在谁的肩膀上
我只能在纳木措的外面徘徊
想象蘸着八种金银宝石研磨而成的粉末写下的一千
九百里经卷
下雪了，轮到一位纯洁无瑕的神值班了

8
雪，又下起来了
这是一位自己和自己玩着手心手背游戏的神
翻手蓝天白云，覆手雨雪冰雹
原本简单的季节秩序好似一团被弄乱了的羊毛疙瘩，无从整理
雪，又下起来了
唐古拉山把一群大雪片似的羊赶下了山
鹰在天空加快了血液的循环
因为它们在为灵魂飞翔

9
当我凝视着札什伦布寺那尊世界上最大的铜佛像的时候
感觉一盏盏酥油灯恍似佛身体以外的手指
我想请佛昭示
哪座山脉可以岔入这个秋天最小的忧愁和雨滴
以及更远处这块土地上央金姑娘和水和青稞三姐妹
的消息
一只藏羚羊使雅鲁藏布江不停地奔跑

10
哲蚌寺。彩色节日一般的宗喀巴大师在一块巨大的
石头上坐着
还有几块闹着的石头，闹着给谁坐呢
宗喀巴一个人在半山坐着
这时候要是有只鹰坐在对面
宗喀巴会把自己像本书一样哗啦啦翻开给读给这只鹰
听吗

11
鹰飞起来的时候天空更加空空荡荡

它与额上刻有刀痕的雷电交谈
或者与自己交谈
鹰的孤独是一位密宗高僧在天空的散步

19
牛和羊是这块土地最简单的思想
雪山的宗教,青草的宗教
你不必弄懂
还有风,还有雨
还有从冈底斯山飘过来的云——
把一颗颗钻石一样的冰雹撒了一地
有一位神
过去是人,现在是河
总是拉上黑夜不停地奔跑
一直到白天的某个村庄
再绕过几座寺院
就赤着脚去涉另一条河了
另一条更大的河是另一位神

20
一群羊
仿佛裹着厚厚的毛织物
在风雪中踱来踱去
像是那些坚守阵地的战士
它们轻易不会从时间中撤退
那只头羊的铃铛不停地响着
好似这一大群羊的心脏集中起来挂在它的脖子上
还有一只大角弯弯的白羊
脊背上的一抹黑色恍若神的手迹
还有更远处的一条河

以闪电的摸样瘦瘦地流着

21
大雪过后
迎风诵唱的是谁
用一整条雅鲁藏布江漱洗喉咙口含绿松石的是谁
盛放净水的人头骨碗生前又是谁
十二面羊皮鼓八支人腿骨号响了起来
一大群红衣喇嘛
红得像是一树开给佛的花朵

22
西藏是座高高的村庄
每一位佛都是一粒青稞
人是比青稞更小的青稞
我到这村庄的边儿上走了一趟
看见酥油的台阶酥油的寺院
一个酥油喇嘛正在自己身上凿刻着经文

23
西藏睡着了
枕着喜马拉雅山脉,睡着了
燃灯佛醒着
看守着一盏盏酥油灯
每一盏酥油灯都是佛的心脏
西藏睡着了
站在高处
一伸手就可以摘下一颗颗星星——
做梦人的幸福和忧伤
只是你不要用这些幸福和忧伤来喂养那只祭祀用的绵羊

又一个佛与人共有的白天
就要从它沥血的心脏开始了
……

小小村庄

小小村庄
坐落在世界最高处
像是大地上随便的一块石头
凿出门和窗户，佛和人住进去
人把一粒青稞种成一万粒青稞
把一只羊养成一百只羊
然后扳着指头计算
青稞够了，羊也够了……
佛不说话
一碗清水也够了
小小村庄，仿佛一堆云彩就能卷走

沙枣花已经开过

沙枣花已经开过
如同一群失踪的少女
我怀疑它们因为腋下香气的诱惑
最终迷失了自己

这个世界每天都有失踪的人
每天都有蜜蜂一样寻找黄金秘密的人
一群少女离黄金有多远

这其中的黑暗无人看见

　　　　以上选自阳飓：《风起兮》，甘肃人民美术出版社2006年版

【评析】

　　阳飓开始创作的时间与改革开放的时间相当，他有许多佳作。他"以地理覆盖面积更为广阔的写作，显示着为西部大地书写地理人文博物志的用心"。①阳飓的长诗是一首首文化大诗，代表作有《青海湖长短三句话》《西藏，迎风诵唱》《西夏王陵》《风起额济纳》《乌鞘岭断句》《落日之色》等。形式上，这些长诗经常以长句为主，甚至形成散文诗式的小段落，将繁复的意蕴浩荡磅礴又婉转繁复地表现。

　　《西藏，迎风诵唱》一诗将西藏山川、风物、文化融为一体。诗歌第1节、第5节写西藏的人文地理标志——神山唐古拉山和圣湖纳木措。它们的海拔都在5000米以上，地理的高度何尝不隐含着精神的高度？诗人把大法螺和大腿骨号架在唐古拉山口，这是一次关于西藏的迎风诵唱，更是一次精神的洗礼和提升。藏族神话中，纳木措和唐古拉山是一对夫妻，纳木措的属相是羊。纳木措这个"神和羊秘密联姻的圣湖"也是生命之湖，"十万只白羊从你十万片经石中侧身回到人间"借喻纳木措这个佛教圣地所代表的佛教文化对人们精神的滋养。那只"失群的白羊"就是诗人自己。第6~8节继续围绕着唐古拉山和纳木措，颂唱西藏的精神气韵，将寺院、经卷、雪山、羊群和鹰的飞翔糅合在一起来加以表现。"鹰在天空加快了血液的循环/因为它们在为灵魂飞翔"两句是大气而高远的歌吟，将诗歌内在的精神向上升腾。第9~21节颂唱西藏的风物、历史、生活，以及诗人在西藏的生命体验。札什伦布寺那尊世界上最大的铜佛像、姑娘、青稞、藏羚羊、宗喀巴、牛羊、飞翔的鹰、红衣喇嘛、河流、风雨和云雷等，一切都在神的照临之中。这样的西藏有一种神性。第22~23节抒发了诗人在西藏的生命之思。在这片高地上，自然简朴的生活里灵魂飞翔，从而人和神共存。它是梦想者追求的生活，有着幸福和忧伤。从《西藏，迎风诵唱》可以看到阳飓的文化大诗中地

---

①　燎原：《一个诗评家的诗人档案》，载广州民刊《诗歌与人》2005年版。

理、文化、生命体验融为一炉的磅礴大气。

  阳飏的短诗亦令人称道，诗作精练，但意蕴复杂，可以说小的形式中蕴含了最大的思想容量，形成一种阅读的胀满感，读完诗仍心有不甘，难以释手。《小小村庄》一首，有太多的意蕴：生存的卑微与艰辛，生命的热情和繁衍，物质与精神的和谐，简朴生活的本真与纯净……诸多人类的基本命题放在这样一首小诗中，因其难能为之又成功为之，而显示出阳飏诗歌的功力。

  短诗《沙枣花已经开过》写世俗风景中的黑暗，又是另一番格调。它将人们对金钱的追逐比喻为蜜蜂寻找黄金，而迷失的少女与黄金之间的距离，是一种关于黑暗的联想。它表达一种隐秘的喟叹，其实是尖锐而刺痛人的。

【扩展性阅读书（篇）目】

阳飏：《风起兮》，甘肃人民美术出版社2006年版。

人邻的诗

【作者简介】

人邻（1958—），汉族，祖籍河南洛阳老城。业余从事诗歌和散文创作。有诗集《白纸上的风景》《最后的美》《晚安》，散文集《残照旅人》《闲情偶拾》（与画家韦尔乔合著）《桑麻之野》《找食儿》，艺术评传《百年巨匠齐白石》《秋水欲满君山青》等。诗歌、散文收入多种选本。曾获中国星星年度诗人奖、江苏首届紫金山雨花文学奖等奖项。

黄羊跳起

跳起——一只黄羊
又一只
好多好多只
高高低低跳起
一直到远处……更远处

只个别跳得很高的
给最后的残阳——一照
如同致命的弹击

黄羊跳起
厚厚的草原
衰老不堪
暮色里沉落下去

但这些轻盈的黄羊
没有倦意

选自《人民文学》1994年第2期

秋后的云

秋后
三两朵暖暖的云
一仰脸就悠悠浮起
天色也淡
淡到那云
刚好显出
本身的棉白

大地
安静而疲惫
三两朵飘飘的云
也就成为
盛大的风景

选自《人民文学》1994年第2期

羽毛在飘

月光里
一片羽毛，飘摇
如古老匠人卓绝的心血手艺
飘摇的蓝、绿，纹着明灭的金线

羽毛在飘

夜色浸透,极细的绒毛边缘
大地叫它轻得没有一点分量
连它自己都觉得,轻飘、害怕

可这最轻飘的,才最
接近这个夜晚的中心
接近于美,虚幻,和银色的窒息

风景

没人看见
那些树木
大群大群的树木
立住了虚空
树枝
穿透　支撑　平衡
一瞬间要改变
就猛然抽去
虚空
在透蓝的痛苦中
茫然
似乎　很难立住
而这
只是一次想象
近乎智者
也近乎游戏

选自人邻诗集《最后的美》,甘肃人民美术出版社2006年版

山林蛰居

山林，蛰居十日。
同行的人，各自，不知姓名，亦不曾问起。
夜半寂静，细闻些微虫鸣；
白日阳光如何灿烂，亦都忘了。

只携一册书，一册古人书简，
闲了，读一札某人写给某人的——
比如苏轼酒后写给秦观，比如王献之写给谁的，
感慨良深的，是一位写信给丈夫的叫徐淑的女子。

这十日，读书，写字，我不出门，不出大门，
与世隔绝，其实只是与同行的人隔绝，
只是矮入山林，不与人语，只闻落花山色流水鸟鸣。

这十日，我想，人世，是太小的世，
此外，还有山世，水世，花鸟之世，
还有时光之世，世外之世。
这十日，我与世隔绝，请谅我与人为敌，以人为敌，
甚至有点儿永远为敌的意思。
为敌，但不记仇。
这十日，我不出大门，亦不谈论人类。

【评析】

　　人邻的诗擅长描绘一个个瞬间的感受，这些瞬间是一次凝眸，一个谛听，一个不经意的回想。诗人以简约精致的语言敞开了心灵的思和悟，皆为"安静之诗"，不安静的心读不出诗的意蕴和美。
　　《黄羊跳起》是人邻早年的诗。在苍茫辽远的背景上，一只只黄

羊轻盈地跳起，动感与静穆、轻盈与厚重在大自然的画卷里融合了。原本以为这幅画卷是天地万物的和谐。可是，诗人却撕破了和谐，给诗歌以裂缝。诗人对着高高跳起的黄羊身上那残阳的余晖，忽然闪念到致命的弹击。这个直觉联想非常形象，它亦赋予诗歌画面一种血色的美。然而，残阳如血里，黄羊依然轻盈地不断地跳起，衰老不堪的是草原，残阳也最终隐去。于是，那跳动的黄羊让人恍然感悟到一种无畏的生命力所具有的强韧力量。这首诗以"致命的弹击"赋予诗歌以起伏变化，于变化中让诗更新鲜、更丰富、更让人回味。

《秋后的云》，秋天淡远空旷的天空，几朵云缓缓地飘过，慵懒悠然自在自然。此刻，世界安静，万物静穆，是诗人心中盛大的风景。从这样的风景中，我们走进了诗人宁静、淡泊、空远的内心，因为所有的风景都是人心的移情。《羽毛在飘》有着幻美的格调：银色的月光下漂浮的羽毛，在明灭的光线里，变换着色彩，摇曳缥缈，如梦似幻，这安静而飘摇、轻幻自由的美，美得好像不真实而令人担心。然而，这样的美就是这个夜晚世界的中心。事实上，所有的美，时常令人担心。《风景》是诗、是画、是禅。伸入天空的树木似乎想支撑那浩渺天空赋予的虚无，风中动着的树枝是在调整着支撑的姿态。在似乎将虚无撑起的一刻，树枝又猛然从虚空中抽身而去，虚无带着蓝色的忧郁茫茫漫漫延续。唉，什么能够支撑虚无？就这样，诗歌将自然的景象升华为智者的禅语。这几首诗中，人邻善于将瞬间的感受贯注在诗画中，悠然、宁静、淡远、幽寂、虚空、淡淡的忧郁以至渺远的思，瞬间将画面染上情感的色彩，喧闹的世界在这些瞬间消遁无形，人由此回归宁静的内心，与敞亮了的世界交会低语。由此，人邻的诗是一个个"宁静的风景"，细细体味这样的风景，它们蕴含着禅心禅意。这样的诗只能读，除了亦用诗心去兴味和回味，竟然也难以用别的语言再阐释。

《山林蛰居》是人邻的近作。诗人蛰居山林，摒弃人世，然此不过"蛰居十日"，一种暂时的逃避。是的，人不可能不接触人，也不可能对繁华视而不见。但在生活中偶尔选择一种孤独，在艺术中选择一种寂寞，将人拉向历史，在"历史的深渊"中，丈量生命的价值；于古人书简的阅读里，品味生命的流光逸影。这不是对自我往昔的追忆，而是在历史的天幕上看到生命，看到生命中的真性情：苏轼酒后写给秦观的，王献之写给谁的，徐淑写给丈夫的……诗人说，这十日"与世隔绝/其实只是与同行的人隔绝"。"这十日，我想，人世，是太小的世，/此外，还有山世，水世，花鸟之世，/还有时光之世，世外之世。"这就意味着，孤绝与寂寞不是弃于世界，而是脱开喧嚣、脱开自我为中心的那点小世界，融入水世、山世、花鸟之世。这样的世界因无人而萧索，却也空灵。空灵中，一切自在活泼，宇宙呈现本来的生意，呈现存在的本真。此诗深入中国古典艺术精神，其渊源可在中国画的"寂寞境界"中觅得。人邻在绘画等艺术理论方面是有积淀的，自然深知倪云林、渐江等人的绘画所呈现和追求的"寂寞的艺术世界"。这种"寂寞境界"表面萧疏孤绝，实在却有道禅哲学的"让世界自活"的思想，尤其有禅宗里的"寂中求活"之意。

【扩展性阅读书（篇）目】

人邻：《最后的美》，甘肃人民美术出版社2006年版。

牛庆国的诗

【作者简介】

　　牛庆国（1962—），甘肃会宁人，中国作家协会会员，甘肃作家协会副主席、甘肃日报主任编辑。出版诗集《热爱的方式》《红旗　红旗　红旗》《字纸》、随笔散文集《乡村词典》、长篇系列散文《风吹大地》等。曾获诗刊社第四届"华文青年诗人奖"、甘肃省敦煌文艺奖、黄河文学奖、诗刊社"新世纪十佳青年诗人"等奖项。

杏花

杏花　我们的村花
春天你若站在高处
像喊崖娃娃那样
喊一声杏花
鲜艳的女子
就会一下子开遍
家家户户沟沟岔岔

那其中最粉红的
就是我的妹妹和情人

当翻山越岭的唢呐
大红大绿地吹过
杏花　大朵的谢了

小朵的也谢了

丢开花儿叫杏儿了
酸酸甜甜的日子
就是黄土里流出的民歌
杏花你还好吗
站在村口的杏树下
握住一颗杏核
我真怕嗑出一口的苦来

选自《诗刊》2008年第4期

字纸

母亲弯下腰
把风吹到脚边的一页纸片
捡了起来

她想看看这纸上
有没有写字

然后踮起脚
把纸片别到墙缝里
别到一个孩子踩着板凳
才够得着的高处

不知那纸上写着什么
或许是孩子写错的一页作业

那时墙缝里还别着

母亲梳头时
梳下的一团乱发

一个不识字的母亲
对她的孩子说字纸
是不能随便踩在脚下的
就像老人的头发
不能踩在脚下一样

那一刻全中国的字
都躲在书里
默不做声

风吹大地（组诗选二）

他们老了
他们把儿女们都活老了
把一个村子都活老了
把比他们更老的老人活得没有影子了
老风吹着老阳光晒着
过去的日子也像老牙齿一样
一个个都丢得差不多了
摔打着老胳膊老腿
走在高高的辈份上
就像走在高高的悬崖边上
一村子的人都在为他们担心
至于远离他们的儿女
总感觉他们是装在破衣袋里的两粒豆子

怕一不小心就会从衣袋里掉出去

那天一个人从村子对面的山坡上下来
看见他们远远地站在家门口
仔细辨认着那人是谁
直到那人走到跟前叫了一声妈
叫了一声爸

秋天的颜色
一个人的秋天和另一个人的秋天
是不一样的
一个人去年的秋天和今年的秋天
也是不一样的
比如去年砍倒梯田里的玉米秆子
一大捆一大捆背回家的那人
今年就已经不在了
今年背玉米秆的是他颤着白发的老伴
有时候是一个人在背着玉米秆子
更多的时候却像是一大捆玉米秆子
把一个又干又瘦的老人抱回家去
这两种感觉也是不一样的
还比如昨天坡上的那一片苜蓿正绿着
可早上的一层干霜之后就不一样了
午后的一场沙尘暴之后就不一样了
再过些日子一场大雪之后
就更不一样了
就像我见过的一个画家
在一幅乡村画上先撒了一把盐
再撒了一把土

一切就都不一样了
我这棵从村里拔出来的草
现在绿得也和以前不一样了。

以上选自《诗刊》2011年第4期

【评析】

　　牛庆国的诗让人在对乡土、对大地、对乡土上的人们生存劳作的操心中，感同身受地感动。在亲切亲近的痛感中，感受到一种对乡土生命、生存、命运的忧伤，和爱得深沉的情怀。

　　牛庆国的诗充满了对乡土的回望和忧伤，多有悲悯和苦难意识。这是在黄土地上长大的孩子，将乡土博大而苦涩的内核刻写进生命之后，无论走到哪里永远无法摆脱的大地情怀。他的诗让人感悟诗歌何为？那就是发于情，言为心，为生命中最感动的体验吟唱，为人的生存和命运忧伤，由此彰显了诗歌的力量，爱的力量。

　　《杏花》对西部乡村少女的苦涩命运充满了同情。诗歌以西部乡村的春天里最为常见的杏花来譬喻乡村少女，她们以鲜艳的青春赋予村庄大地以勃勃生机、温情和美丽。然而，当她们出嫁以后担负起艰辛的生活，她们的命运就仿佛杏儿，奉献给生活酸酸甜甜的果实，内心的苦楚何尝不是那"嗑出一口的苦来"的杏核。这首诗清丽哀婉，情感起伏，叹息和赞美交织出一种悲凉之感。

　　《字纸》唤起了人们久已遗忘的"敬惜字纸"的传统。敬惜字纸是对文字的敬畏，对文化的敬重。古人通过敬惜字纸维护纸张和笔墨的尊严，凝结着古人尊古圣贤、尊重文化的情怀。古代曾有惜字塔、焚字炉、敬字亭等，更有联曰"毋弃六书片纸，只因一字千金"。这首诗以白描的笔法，描绘乡村不识字的母亲将字纸放到高处的墙缝里，简单的情节同时也引人思考传统美德、文化的传承等问题。结尾"那一刻全中国的字/都躲在书里/默不做声"的诗句，是对这位母亲无法表达的敬意。

　　牛庆国是一位敦厚的深沉的乡土之子，他常常把那些一生在乡土地上吃苦受累的老人作为诗歌描写和抒情的对象。他的诗里最感人的也是写给父老爷娘的。他对乡土老人们的尊敬、热爱和疼惜，让人感觉到中国传统文化中的孝悌情意。他的诗也就成为我们这些走出乡土的游子寻根故乡和血脉的导引，唤起我们内心的乡愁，召唤我们回归家园体恤父母农人，为远离乡土而僵硬了的心灵赋予一种高贵的忧伤——柔软、宽厚和温情。《他们老了》一诗丝丝入扣写出了乡村老人的衰弱孤独。诗人撷取了两个画面：一个画面是老人脚步蹒跚地走在悬崖边上，令人想起他们辛劳一生、体力和精神全部透支后的衰弱无助；另一个画面是老人们天天站在门口瞭望儿女，老眼昏花直到儿女走到跟前喊一声爸妈才认出来。这两个画面既是诗人的村庄和父母的写照，也是所有的乡村里老人相似的生活。所以，诗歌有较强的概括性，每读一次都会想起乡村里自己那年迈体衰的父母。

《秋天的颜色》中最有意味的诗句是"一个人去年的秋天和今年的秋天也是不一样的"，这似乎是关于时间的哀叹，可往后，诗人直笔写到："比如去年砍倒梯田里的玉米秆子/一大捆一大捆背回家的那人/今年就已经不在了/今年背玉米秆的是他颤着白发的老伴"。至此，时间的哀叹里多了生命的凋零，多了乡村那至死劳作不休的悲苦。而"一大捆玉米秆子，把一个又干又瘦的老人抱回家去"的形象，仿佛一幅浮雕感的油画。如果把它画出来，是不止于罗中立的《父亲》那令人潸然泪下的效果的。而且这个画面更多了悲苦而令人心痛，因为这里除了大地、劳作、汗水、收获、养育等意味之外，还有贫瘠、孤苦和脆弱。所以，诗人说一个画家在一幅乡村画上撒一把盐，再撒一把土就不一样了。土是大地，承载了乡村所有的丰富，盐是乡村的汗水和泪水，这就是乡土生活的本质。

关于诗歌的艺术表达，从牛庆国的诗中，让人感觉到诗歌的技艺固然重要，但与境界相比，后者更重要。牛庆国的大部分诗歌将"乡村即景"式的画面感和饱满的情感相融合，其诗歌高度的概括性是值得称道的，在艺术表达上是成功的。不过，相对而言，情感的力量和深厚的情怀让人几乎忽视了他的诗歌所表达的技术。

牛庆国的诗是当代最贴近乡土大地的真诚吟唱，他用诗歌画下了一系列乡村生活的图册和乡村人物群像。诗人的深情和泪水洒在乡土大地上，乡土的生命内核在他的诗中本质性地呈现，也让我们这些离开乡土的孩子回到本然的内心，守护淳朴、善良、坚韧、宽阔的精神和灵魂。

【扩展性阅读书（篇）目】

牛庆国：《字纸》（诗集），敦煌文艺出版社2012年版。

唐欣的诗

> **【作者简介】**
>
> 唐欣（1962—），陕西西安人，现居北京。在《飞天》《星星》《中国》《作家》等大型文学期刊，民刊《他们》《一行》《诗参考》《葵》，以及网络发表大量诗歌，此处所选诗歌皆为诗人居兰州期间创作。已出版诗集《在雨中奔跑》《晚点的列车》。

奥运会纪念

盛夏时节，西班牙开奥运
国人疯狂，熬夜通宵看电视
扰我清梦，可恶之至
我比较冷静，换言之
我无意抽疯
我喜欢温和的体育
讨厌玩命，累得吐血，把自己
弄成怪物。我反对重复
我不愿看到，有人为此欢呼
像白痴一样，大喊大叫
让人想到文革或纳粹运动

我倒格外缅怀，古希腊时代
天高云淡，男女自然
优美的裸体，自由奔跑

可这一切，召集——安在哉

我不以为强者，即是那些
肌肉发达，手脚利索的所谓冠军
不，真正的强者，对我而言
只能是手无缚鸡之力的
胡适之、周作人之流
他们才是堂堂好汉，大英雄也
同胞们，睡觉去
国歌只是国歌，并非鸦片
人家拿金牌三百
你还是病夫一个
不如熬点绿豆汤
清心明目

盛夏时节，兰州还算凉快
不看报纸，也不出门乱窜
中午蝉鸣，半夜蛙叫
既可读书，又好睡觉

怀古

瞑想古代
反抗时间

那里，明月松间照
清泉石上流
高僧粗布衣服
一口土话，言简意深

朝闻道，夕死可矣

几个朋友，围火炉吃酒
谈太白诗，道子画，猜拳行令
伶人弹筝，弹琵琶，远处可以闻笛
耳热之际，抨击朝政
皇帝小儿傻蛋一个

雪天，一袭黑斗篷
独钓寒江，一无所获，尽兴而归
或打马深山，惊起宿鸟
高飞在灰色天空
到月黑风高之夜
强盗杀人放火，我紧闭门窗
或读禁书，或临名家字帖
在古代，秉烛夜读，红袖添香
休息时，吃点心，喝莲子粥
书童聪敏，丫鬟伶俐
妓女能歌善舞，颇通诗文
农民安居乐业
有钱便去求学

春日踏青，夏日赏荷
秋天一骑瘦驴
遍游名山大川
一路赋诗，碰到剪径强人
念我读书人高抬贵手
半袋碎银，回家尚未使完

古代，曲径通幽处，禅房花木深

有人入朝做官
有人隐居山林
还有的任性胡来
最终成了圣贤，怪不得
失子曾道，郁郁首文哉
吾从周，克己复礼云云
冥想古代，白日梦一场
人曰：傻冒也

在青海旅游

我喝奶的那会儿
猛然间下雪了
白茫茫的世界
牦牛们正在回家
哞哞叫着像一群怪物
草原隐没
这儿成了远古年代
我站着发呆
牧人拍我肩膀
我吓了一跳
他牙齿雪亮笑容可掬
哦原谅我
我是个可怜的内地人
从没见识过边疆奇迹

选自唐欣：《在雨中奔跑》（诗集），作家出版社1999年版

【评析】

甘肃诗坛带有日常化、叙事性写作特色的诗人是唐欣。唐祈的诗

一方面，具有明显的民间立场和明显的"个性化写作"写作特色，表现为对个体的生命形式和日常生活的强调，及其诗歌语言的口语化。另一方面，唐欣的诗在民间姿态中融合向上提升的人文关怀。这两方面的结合使得唐欣的诗不至于沦为口水，有了较为浓郁的诗情，庸常但不庸俗。

《奥运会纪念》一诗，以大白话描写"国人疯狂通宵熬夜看电视"，激动地大喊大叫的情景，自己这样的小民由于被扰而深为不满，体现了一种民间写作的姿态。但接着诗人说出"我倒格外缅怀，古希腊时代/天高云淡，男女自然/优美的裸体，自由奔跑/可这一切，召集——安在哉"这样的诗句，引导读者想起现代体育疯狂竞争背后的政治性、残酷性和人文精神的失落。语言文白掺杂，表现出知识分子写作的特征。

《怀古》以现代汉语写古人雅趣情怀，有对古人与宇宙自然天人合一之向往，也有对古代文人围炉吃酒、谈诗论画、秉烛夜读、红袖添香等各种生活场景的描摹和羡慕，更有对古人兴之所至打马深山、踏青赏秋、壮游赋诗、入仕归隐任诞皆成就人格之各种情状的叹赏。这首《怀古》引人怀念古人之生活、情趣、人格，自然也是对当下浮躁生活的反思了。诗的语言句句皆有来处，如王维《山居秋暝》、柳宗元《江雪》、常建《题破山寺后禅院》、元怀《拊掌录》，以及《论语》《颜氏家训》皆入诗，颇有"掉书袋"之风，语言出没于古今之间，干净舒朗，文白相间，节奏优美。

《在青海旅游》不写青海湖之美和朝圣的感情，这就跳出了同类题材诗歌的窠臼。在青海湖，诗人以一个俗人的形象喝着牛奶，然后面对大雪之中的青海湖草原，竟然感觉很奇怪而发呆。诗人坦率地表达一个普通人平庸而真实的感受，却又写一个牙齿雪亮、笑容可掬的牧人拍"我"的肩膀。以"可怜的内地人"的告白委婉地确认牧人于这片天地的熟悉自如，把诗歌上升到一种哲思：让我们奇异的事物，对别人来说未尝不是熟悉的现实。

唐欣的诗既有对中国当代"第三代诗歌"的呼应，也有反拨与提升。

【扩展性阅读书（篇）目】

唐欣：《在雨中奔跑》（诗集），作家出版社1999年版。

唐欣：《晚点的列车》（诗集），青海人民出版社2012年版。

完玛央金的诗

> 【作者简介】
> 完玛央金（1962—），女，藏族，甘肃卓尼人。任《格桑花》主编，甘南州文联副主席。著有诗集《日影·星星》《完玛央金诗选》，散文集《触摸紫色的草穗》，作品入选多种文学选本，获多项文学奖励。完玛央金是第一位出版汉语诗集的藏族女诗人，是新时期藏族女性汉语诗歌的开拓者。

女孩

那座山的背后有一片帐房
那顶帐房的火塘边
是披着黑发的
慈爱温暖的阿妈

女孩冻裂的双脚
曾在阿妈怀里暖暖的捂着
女孩脏脏的小手
细细地被阿妈洗过

阿妈准备了一眼清泉
为女孩浇润瘦瘦的小花
阿妈偷来早霞的颜色
为女孩浸染薄薄的衣裙

一条小路踏出来了
一带青草倒了又倒
杨树再没有长出枝叶
在山坡上站立
陪着女孩清清瘦瘦的身影

寄日影

如果你爬过山坡
我决不说：等等我
尽管痛苦的泪滴
从心灵渗出许多

你想
花朵寄语给芬芳
依偎在你身边
倾诉那么多衷肠

而你匆匆赶来与缓缓离去
都只为了聆听它絮语
还带给温存
和最甜蜜的相聚

我曾祈求上天
把你的梦种植在我的田园
让明丽的风光
承受一束依恋的视线

如果你爬过山坡

我决不说：等等我
就让我低沉的歌
滑翔在你的车辙

明月

倦懒地睡了也就睡了
许多开头许多结尾
自此淹没
突然之间
手冻僵在窗帘的轻柔之上
沐浴夜色的身体
被你抚摸
你安静亲切的脸庞
悬浮在高高的玻璃窗上

身上堆砌的一切
立时粉碎了一块块落在脚下
落在不可探知的期望中
独独保留一颗晶莹透明的灵魂
向你靠近

到此刻
立足的基础已变成一片无浪的池水
让曾经混沌过翻腾过扭捏过沉
　　落过
曾经　一颗雪粒
使它感到冰冷　感到刺疼
感到一片执迷难悟的幻想的靠近

身里身外　可触及和不可触及的
一些细密的生长　不能掌握

我知道　还有那些障碍
乖顺地在周围蹲伏
在有人走过的青草丛中潜藏
不可逾越的界限也匆匆溃逃
断了它们相互拉扯的链条
回顾身后
唯留下一片金色的梦境

相视无语　看到你圆满
又空缺一半　又空缺一多半
不多时日　只剩窄窄的一条
又成半圆　又成满满的一个银盘
——多么奇妙的一个轮回

回顾四周
人鸟无际
无缘看见他们和它们
生又灭的轮回

选自《民族文学》2016年第3期

【评析】

完玛央金的诗情感真诚纯朴，抒情温婉缠绵。她的诗是心声的回荡，情感热烈又不失节制，属于有典型诗味儿的诗，其内在的认真和高雅，是对20世纪80年代的诗歌精神的坚守，在当下泥沙俱下的诗歌洪流中，实在难得。

《女孩》一诗写母爱，前三节选取几个藏族人民日常生活的细节，将母亲的慈爱汇成了一条汩汩河流滋润人的心田，末节以一幅凄清的画面暗示了这位母亲已经离世,令人心酸惆怅。

《寄日影》是一首象征主义的诗歌。象征主义诗歌的精要在于,从表象到内容再到本质,只遵从于自我真实。所以,诗人用自我的感觉组合了花朵与阳光相聚依偎倾诉这样的图景来象征美好的过往。而太阳的影子爬下山坡是一个时光流逝的比喻。诗人的情感则呈现为一种心有惋惜和痛失但仍然坦然面对岁月的豁达。

《明月》一诗以明月来映照现实生活,寄寓诗人的心迹情怀。在疲惫的生活里,"许多开头许多结尾","身上堆砌的一切",所有的曾经、所有的障碍在明月的朗照和抚摸中掉落,内心平静为"一片无浪的池水","一颗晶莹透明的灵魂"向明月靠近。珍视这轮明月,在月满月缺的轮回里,与明月相知,不想知道四周的"人鸟无际"。明月皎洁光华,诗人心亦是一轮明月。这首诗情思自然流畅,其"明月何皎皎,我心似明月"的情怀在浮躁的时代里,非常打动人。

从诗歌的气质来看,完玛央金的诗整体上藏族特色并不突出,无论情感的表达方式和遣词造句都与民族诗歌的传统有一定的距离。但是,这并不意味着她与民族文化精神的隔膜。因为,她诗歌浓厚的女性气质里的纯朴、宽容、真诚和慈悲,是有别于其他女诗人的"黑夜意识",以及尖刻犀利、高度自我的表达方式的。这也许正源于那流淌在诗人血液里的民族文化意识。

【扩展性阅读书(篇)目】

完玛央金:《完玛央金诗选》(诗集),青海人民出版社1998年版。

高凯的诗

> 【作者简介】
>
> 高凯（1963—），甘肃省合水县人，中国作家协会会员、国家一级作家。现任甘肃省文学院院长，中华民族文化促进会会员、甘肃省作家协会诗歌创作委员会副主任兼秘书长。发表大量诗作，多部作品被海内外多种选刊、选本选载。获中国作家协会优秀儿童文学奖、甘肃省敦煌文艺奖、黄河文学奖、闻一多诗歌奖等多种奖项。2003年获中共甘肃省委、甘肃省人民政府颁发的第五批"甘肃省优秀专家"称号。

喜鹊

喜鹊是我们的好亲戚
和每一家子
都是那样亲热
路过谁家的树梢梢，都要站一站

飞得比一村人都高的喜鹊
和谁见面都叽叽喳喳
能让整天低头过日子的人
抬头见喜

住在一个村的鸟鸟很多
靠得住的就是喜鹊一家子
小伙子成亲

姑娘嫁人　喜鹊
也要送上一程又一程
心贴着心的喜鹊
叽叽喳喳　谁打
都不会飞

选自《人民文学》1997年第11期

村小，生字课[①]

蛋　蛋　鸡蛋的蛋
调皮蛋的蛋
乖蛋蛋的蛋
红脸蛋蛋的蛋
张狗蛋的蛋
马铁蛋的蛋

花　花　花骨朵的花
桃花的花　杏花的花
花蝴蝶的花　花衫衫的花
王梅花的花
曹爱花的花

黑　黑　黑白的黑
黑板的黑　黑毛笔的黑
黑手手的黑
黑窑洞的黑

[①] 本诗2002年获第五届中国作家协会优秀儿童文学奖单篇佳作奖；2004年获中共甘肃省委、甘肃省人民政府颁发的敦煌文艺奖荣誉奖。被选入多种重要的文学选本。

黑眼睛的黑

外　外　外面的外
窗外的外　山外的外　外国的外
谁还在门外喊报到的外
外　外——
外就是那个外

飞　飞　飞上天的飞
飞机的飞　宇宙飞船的飞
想飞的飞　抬翅膀飞的飞
笨鸟先飞的飞
飞呀飞的飞……

选自《诗刊》2000年10月号

草莽童年

那时　天上风起云涌
地上就风吹草动
明处的小蜜蜂口蜜腹剑
暗处的黑蝎子心狠手辣
而毒蛇和黑蝎子又是一对亲姊妹
那时勤于打洞的老鼠昼伏夜出
蚂蚱整天腰里挎着两把大刀
蜻蜓一身轻功会水上漂
毛毛虫摇身一变就成了迷人的蝴蝶
那时兔崽子狡居三窝
黄鼠狼岁岁不忘给鸡拜年
螳螂捕蝉黄雀紧随其后

金蝉总能巧妙地脱壳而逃
那时天下草木皆兵
遍地的冰草在春风里挥舞着双刃剑
周围的枣树一年四季浑身都是利刺
就是看上去花枝招展的喇叭花
在村里又是牵牛又是打碗十面埋伏
有一天我告诉手无寸铁的父亲
好男儿应该现身江湖
做一个草莽英雄

躲闪一块刀疤

一个黑影　一个
脸上带着一块刀疤的陌生人
与我突然相撞进而
与我对抗

所有的表情
早已被那一刀全部杀死
两道目光
像两把刀子一样
寒气逼人

我的歉意被狠狠
刺伤一块刀疤
让我心跳了一千次后
又跳了一次
亮堂堂的大街上
我像躲闪一把锋利的刀子

 诗学现场

躲闪着一块伤疤

刀疤深刻着残忍
和仇恨　我差点躲不过去
一块刀疤比一把刀子厉害
刀疤比刀子
更容易伤人

选自《中国诗歌》2015年第5期

【评析】

　　高凯是著名的乡土诗人。他经常撷取乡村生活的片段，以情节化的描写传达诗情。乡土大地上一幅幅生活画面，在经过诗人聪慧机趣的诗情浸润之后，乡土生活情态以及质朴的精神世界就灵动鲜活地呈现出来。高凯的诗语言凝练，质朴纯净，口语化，似浅实有味。

　　《喜鹊》一诗第一眼就让人心生欢喜。在中国的乡土大地上，喜鹊是人们常见的最喜欢的鸟儿。喜鹊叫喳喳在乡土文化里意味着喜事临门。喜鹊是多么可爱的亲戚呀，它给家家报喜，赋予农人多少生活的希望和好心情呢。诗作以孩子的口吻和视角，物我同化，非常传神地写出了一种乡村生活的幸福感和喜悦感，俏皮有趣而且生活气息浓郁，感染人，让人会心而笑。

　　《村小，生字课》写村小老师领小学生读生字的一个课堂画面，非常生动使人如临其境。诗歌选取的五个生字的重复，音韵和谐，五个生字抒发的诗情，则活泼泼地传达出陇东的乡风民情和陇东人质朴又驿动着的精神世界。这首诗的画面是陇东的乡村教育的掠影，也是一个时代里乡村教育的缩影。诗的画面感、亲切感、诗意感有机融合，形成一首不可多得的自然清新又内涵丰富的好诗。

　　《草莽童年》童真谐趣，生机盎然，乡村的天空大地和所有的动植物组成了草莽江湖，每个物种按自己的特征化作江湖人物，诗人又巧妙地将成语和动植物的生活习性联系在一起，显示了高度的语言天赋和技巧。结尾"有一天我告诉手无寸铁的父亲/好男儿应该现身江湖/做一个

草莽英雄"的诗句画龙点睛，童真童心最是令人叹赏，真所谓"童心即诗心"。

《躲闪一块刀疤》代表高凯诗歌的另一种写作方向，诗人从一位自然天成的童趣诗人摇身一变为忧郁的思想者，以"冷"的笔抒发他对人生世相的感悟和对人性的幽微体察。这两种诗歌之间的跨度相当大，如果说前者让人觉得趣味盎然、会心而笑的话，后者则令人印象深刻且心有戚戚。从诗歌艺术性来看，后者更具有现代诗歌的质素：冷、叙事性抒情、对"纯净的诗"的突破，这些都显示了诗人具备处理不同诗歌题材的能力。《躲闪一块刀疤》叙述一个脸上带"刀疤"人与"我"相撞之后，他以几可杀人的表情凶恶相向，而那块刀疤似乎凝聚着他所有的恶意，让人感觉比伤害过他的刀子还要可怕。但这只是诗表面上营造的一种情形或者叙事化的场景，诗歌末节一句"刀疤比刀子/更容易伤人"，将"刀疤"意象的内涵由实牵引向虚，也将诗的核心引向对人性的体察：一些人将自己受过的伤害内化为对整个世界的仇恨，加倍地泼洒甚至殃及陌生人。

【扩展性阅读书（篇）目】

高凯：《心灵的乡村》（诗集），人民文学出版社1998年版。

高凯：《高凯童诗选》（诗集），甘肃少年儿童出版社2008年版。

马青山的诗

【作者简介】

马青山（1963—），笔名子矜，甘肃陇西人。中国作家协会会员，甘肃作家协会副主席，现任《飞天》主编。著有诗集《一朵云的春天》，部分作品收入多种选本。

春天来临

野外的蜜蜂是我的同路人
菜园里的蜜蜂是我的亲人
孤独的蜜蜂飞进我的梦
孤独的蜜蜂　多么小的人

我的女儿谷香来到人世
经历过三个冬天。刚从倦睡中醒来
我攥住她的纤手　舍不得松开
咬我一口的谷香
和我是一对深刻的矛盾

站在薄软如绸的早春　背靠石墙
端详羽毛装饰的天空
三分寒气。两眼秀气。一朵
永远摇曳的鹅黄的小花　摇曳着
嵌入我略无杂尘的小窗

选自《飞天》1992年第12期

我在高处

我在高处
看见深藏苦难的谷地
干草垛上残存的积雪
看见村落
乱石堆上冷峻的青光
飘忽的行人
影子似的把麻雀撵过薄冰
在人世的深度里
看见节俭。久病不医的残忍
以及哀伤
看见黑色棉袄下紧裹的矛盾的心
对于世界的宽容
艰难敛聚着财富。藏于梦想
更其艰难
终生唱不出自己的果实
我在高处
看见渭水上游的这一切
看见谷地。包容着巨大的生活
一群射杀天物的枪手
在冰窟洗下血污
他们凯旋的摩托轻骑
碾过乡村的硬土

选自马青山：《一朵云的春天》，新华出版社2002年版

【评析】

马青山的诗没有复杂的雕饰，但那份简单的细腻沁入心灵深处。《春天来临》是一首幸福的诗。由于内心的甜蜜，诗人联想到了蜜蜂，

野外的、菜园的、梦里的蜜蜂成了诗人的亲人、朋友，环绕着诗人。那甜蜜的蜜蜂就是诗人幸福的心境。诗的首节将幸福甜蜜的情感用蜜蜂环绕的情景来表达，虚写但非常具有感染力。是什么能让人如此甜蜜而幸福？第二节诗实写自己的幸福，女儿的降生，一个喜悦的父亲攥着幼小的女儿的小手舍不得松开。诗人用这样的细节描写自己的幸福，而这何尝不是天下所有初为父母者的喜悦呢？此刻是一个尚有寒气的早春，但春天来临，天空、每片云那样地温柔，一朵鹅黄的小花在风中摇曳，天地间有生机勃勃的欣然生意。世上的美丽风景太多，而这春天里的新生命，给人的不止喜悦，还有一位父亲对人生更加美好的期许，嵌入了诗人自命为"小窗"的风景，从此心无杂念地呵护人生。这首诗每一个字句情不自禁地洋溢着幸福和喜悦，将天地生意、生命的礼赞和人伦美好交融为一体，深深地感染人，让人感动。

《我在高处》是一首深怀悲悯之作。诗人在自己的家乡渭河上游登高临远，深情伤怀。扑入眼帘的谷地和草垛，它意味着人类的养育生息，它深藏着人类多少艰辛和汗水。村落，它意味着栖居，那失根的人以飘忽的脚步走过村庄，惊起村庄亲密的生灵——麻雀。随着诗人思绪的深入，诗歌对人世生存疾苦的悲悯更令人动容。父老乡亲那节俭到久病不医的残忍和哀伤，那憎恶着艰辛的生活又满怀的宽容，那将积聚财富作为梦想却终其一生不可得的悲哀……这就是生活，令人同情心酸的生活。诗的末尾写乡村里的猎杀天物者，他们清洗血迹，跨上凯旋的摩托。这一副画面，丰富了诗的内涵，是精彩一笔，直面生活中那让人痛心的残酷。

【扩展性阅读书（篇）目】

马青山：《一朵云的春天》（诗集），新华出版社2002年版。

第广龙的诗

> 【作者简介】
> 　　第广龙（1963—），甘肃宁县人，中国作家协会会员，入选第二届"甘肃诗歌八骏"，参加《诗刊》第九届"青春诗会"。著有诗集《第广龙石油诗选》《水边妹子》《祖国的高处》《多声部》《军舰鸟》《一个骑自行车的人》六部诗集，八部散文集。获首届和第三届石油文学最高奖中华铁人文学奖、甘肃省敦煌文艺奖、第四届冰心散文奖等奖项。

苦杏子

淡淡的苦味
在我的唇边
为什么久久不散

我护着心跳和一腔子的忧伤
站在羞涩的杏子树下
等着捧住隐约的黑发
深深嗅着，杏仁洗过的黑发

更苦的深处
是在黑夜，还是生命的远方

苦杏子，泉水里长大
童年里长大

我拿走了你的美丽
却不能拿走你十八年的苦味儿
春天啊,怎么又开满了杏花?

选自《飞天》1995年第12期

土谷堆

收留骨头和一个残梦
重新复制的家乡
和远方的炊烟交替出现

麦子顶开纸马
双手盖住,幸福的亲人
照遍大地的月光
穿透清明一壶酒
最后的扬尘,和来的时候一样

想起心疼的一年
怀念中增添着亮色
包括孩子新鲜的衣服

安顿下来了,世上的日子
一座依然慈祥的坟头
都在风雨里温暖着春天

选自第广龙:《一个骑自行车的人》(诗集),石油工业出版社2014年版

一天晚上在大阪梁看到流星雨

那些年，我跟着钻塔，在陇东的大山里迁徙
一个地方被掏挖出一口石油的深井
就该动身去另一个地方了，总是向下
向下，使我都顾不上张望头顶的天空
有多么辽阔，多么蓝，是那种不含一丝杂质
　的蓝

夜晚，我也在挥动卡钳，把一根一根钻杆接上
又捅到地层里去，捅到石油旺盛的部位
石油喷涌，升上半空，又跌落下来
夜晚，天上的星星，蜜蜂一般密集
在离我很近的地方飞舞，我多么脏，星星
　多么干净

这一个夜晚，在大阪梁，就在我刚刚登上钻台
我看到了一阵流星雨，大山是弧形的，天空
　也是弧形的
流星雨，就在眼前，快速闪耀，快速消失
夜晚在这一时刻，增添了亮度
照清了我笨拙的身子，我笨拙的工鞋
星星放礼花了，我这么说了一句
就站在井口边上了，旋转的钻盘
正等着我，把转速控制

大山里多么寂寞，劳动又如此单调
大山里却有壮观的星空
在头顶张开，每一个晴朗的夜晚

我都拥有星光灿烂，偶尔，还能看到流星雨
美丽，又十分短暂，我的夜晚
多了一些淡淡的忧伤

选自《地火》2010年第2期

【评析】

第广龙的诗有生活底色，也追求现代意识，技巧上土洋结合形成特色。

《苦杏子》像一首情诗短歌。唇边"淡淡的苦味"，杏子树下"隐约的黑发"，交替叙写对作为物的苦杏子的回味和人对苦杏子的眷恋，而嗅着"杏仁洗过的黑发"，则使二者交融体现抒情者特殊的情感。"十八年苦味"的回忆与春天开满杏花的欣喜，则增添了些许时空意识和生命感叹，丰富了意蕴含量。读第广龙的《苦杏子》，就想起马尔克斯的《霍乱时代的爱情》的开场白："这是不可避免的；苦杏仁的味道总是让他想起注定没有回报的爱情。"

《土谷堆》是面对一座新坟的缅想。"收留骨头和一个残梦"的开头，极富艺术概括力和诗意想象力，"收留"二字带有很强的感情色彩和"评说"的意思，"骨头"意指"肉体"，"残梦"暗示"精神"，一座土谷堆的崛起亦即一个生命的了结。"麦子顶开纸马"似乎隐喻生命在春天的萌发，"最后的扬尘，和来的时候一样"，是对人生过程的感叹。"想起心疼的一年"，点出时间，表达一年来的思念和悲痛之情。最后"安顿下来了，世上的日子"，把心绪引回到当下。"依然慈祥的坟头"很有创意，也是点睛之笔，由坟头想到已故慈祥的亲人，感恩其"在风雨里温暖着春天"，护佑着孩子。以乐观的基调收束，情感有所皈依。

第广龙在油矿工作，有大量的石油诗。《一天晚上在大阪梁看到流星雨》是有生活实感和切身体验的作品，表达夜空中诗人在石油钻塔下的畅想。"石油喷涌，升上半空，又跌落下来/夜晚，天上的星星，蜜蜂一般密集，/在离我很近的地方飞舞，我多么脏，星星多么干净"，基本是纪实，却充满诗意想象。"我都拥有星光灿烂，偶尔，还能看到流星雨美丽",进一步拓展视野,也是过渡,其中因为流星雨而"多了一些淡淡的忧伤"的命意。把在夜晚孤独而辛苦的采油现场写得如此诗情画意,是诗歌的特质使然,也是诗人超越意识的体现。

【扩展性阅读书(篇)目】

第广龙:《第广龙的诗》(诗集),甘肃文化出版社2014年版。

邵小平的诗

> 【作者简介】
> 邵小平（1963—），甘肃灵台人，中国作家协会会员。著有诗集《灵台意象》《金口哨》等，诗歌作品入选各种诗歌选本。获第三届全国检察机关精神文明建设金鼎文学奖，甘肃省黄河文学奖等奖项。

红心萝卜

童话中的白雪公主
谁喊了一声
它的心就红了

在黑暗中行走
被绊了一下
原来是一地的亮灯笼

今天是个好天气

小鸟叫喳喳，它们心情好
今日肯定有个好天气

轻脚出户
果然旭日高悬

多年的老同学，现在冒了出来
他的新闻被蓝天的荧屏播放着
清风浩荡

即使心存暗影，我也逢人便说：
今日又是一个好天气哪！

雾晨听村

陪老乡笑谈星星的话题
打盹醒来，已是半边床空
只听猪崽在拱着圈门
女主人在木板上剁着鸡草

而远处传来犁地人吆牛的猛喝
斧头劈进木头的空旷
几个山头相互问答的亲热
以及山鸡呼唤伙伴的湿漉
都是那么温馨和谐

出门碰见大雾孵着众山头
梯田、庄稼、弯弯的道路
劳动的艰辛暂被隐去
只有结实的回响，像幕后
起起伏伏渐行渐远的清唱

抬头望天，太阳像烂熟的
黄米，散发着热烘烘的香气
哦，山村新的一天

从长长的犁沟里拉拽出来的

选自邵小平：《金口哨》（诗集），华艺出版社2003年版

【评析】

　　邵小平的诗清新灵动，风格纯净优美。读他的诗就像看惯了丑石怪岩、深山大川，忽然进入小桥流水人家，一种亲切、悦目和爽心涌上心田；这是美感中理性与感性的和谐，是一种优美的美学形态。邵小平对颜色的敏感，以童心看世界的诗意盎然，以及诗歌的短小精致颇有顾城的"童话"之风。

　　《红心萝卜》短小精悍，但非常有内涵。诗人欣赏雪地上的一个个红心萝卜，一颗童心描绘着美丽的童话：那外表雪白、内心亮红的萝卜仿佛白雪公主，内心美得惊艳、夺魄，外表是清白的岁月。然而，诗的内涵并不停留于此，那"谁喊了一声/它的心就红了"的神来一笔，给我们指出美是有强大的感染力的，张扬美，美就能感染所有人。所以，即使被红心萝卜绊了一下，不必恼恨，因为你看到的是一地的亮灯笼。美就是这样提醒着你，照亮你暗夜的征途。从此意义上讲，这首小诗寓意丰富，言有尽而意无穷。

　　读《今天是个好天气》，想起王国维说："以我观物，万物皆着我之色彩。"我美，世界才美。诗人面对身边的人的一夜成功，心里难免有过嫉妒和失落。但"我"，能够压下心中的暗影，看到的依然是"清风浩荡"的好日子，"我"把美好传递给世界，这就是人性的光辉。

　　《雾晨听村》则是一首生机盎然的诗。诗人在温暖自然的乡村夜谈后，早晨醒来发现勤劳的农人已出门劳作。诗人睡眼惺忪中听乡村的声音：猪崽拱门、女主人剁猪草、农人犁地吆牛、伐木、相互问候、山鸡相互唱和……中国诗歌以有意境为至上，有意境的诗歌往往具有"韵外之致""味外之味"的艺术美。《雾晨听村》虚实结合，写声为实，以声绘画是为虚，虚实结合表现在乡村早晨各种声音的交织中，呈现出一幅生机勃发、天人合一的乡村画面。近处，肥嘟嘟的猪崽活蹦乱跳叫着乞食，村妇拿刀剁着碧绿的青菜，青菜的味道弥漫在清晨清新的空气中。远处农人在大地上扬鞭犁地，吆牛的声音与天籁一体。还有那在苍

翠的树林里坎坎伐木的樵夫，山头上一边忙碌一边亲切地打着招呼的农人，他们与自然融为一体的乡村生活，那么和谐，那么地生机勃勃，更何况还有那养足了精神的山鸡们在此起彼伏地唱和。可以说，这首诗颇有人与天合的神韵，算得上是一首有意境的当代诗歌。说它有意境，还因为，它在虚实结合中拓展的回味无穷的审美空间，它交织着生命的饲养、自然的哺育、大地的耕作、希望与收获、修筑或者燃火的火热、纯朴的关怀、生态的和谐等美的韵致。从这首诗可以看出邵小平是行吟于乡土的古典诗人。

【扩展性阅读书（篇）目】

邵小平：《金口哨》（诗集），华艺出版社2003年版。

阿信的诗

【作者简介】

阿信（1964—），甘肃临洮人。长期工作、生活于甘南藏区。参加诗刊社第14届"青春诗会"，出版诗集《阿信的诗》《草地诗篇》《致友人书》等。获甘肃省第四届敦煌文艺奖、甘肃省第三届黄河文学奖一等奖、徐志摩诗歌奖等奖项。

青稞地

在那空阔之地：风
来而复去，去而复来

在那空阔之处：
无人访问的春天，牦牛形销骨立

在那空阔之处：
大地依旧粗糙太阳笼罩而无形

在那空阔之处：
我的影子落下，而青稞还没有长出。

选自《诗选刊》2000年第7期

山坡上

车子经过低头吃草的羊们
一起回头——

那仍在吃草的一只,就显得
异常孤独

选自《诗刊》(下半月刊)2007年第3期

草地诗篇

世界缩小为一方草地
诛神拥挤,天使
翅膀紧贴着翅膀
它们无形而存在,以便分享
草地之上
一匹白色母马和它孩子的幸福

诗人无端流泪
为他喜爱的事物
曾一度惶惑:心造的幻象
抑或梦中的奇迹?
他眩晕:
白马,露水;光芒,世界

沿着一条看不见的细线
母马侧首,幼驹仰承
无边爱意将它们塑为玉雕

那一刻：音乐沉降
从诸神的高处
到芳草沁透的内心

如果存在意味着不断的逸散
那么永恒
就包含在它们拥有的幸福之中

选自阿信：《草地诗篇》（诗集），长江文艺出版社2014年版

在尘世

在赶往医院的街口，遇见红灯——车
辆缓缓驶过，两边长到望不见头。
我扯住方寸已乱的妻子，说：
不急。初冬的空气中，
几枚黄金般的银杏叶，从枝头
飘坠地面，落在脚边。我拥着妻子
颤抖的肩，看车流无声、缓缓地经过。
我一遍遍对妻子，也对自己
说：不急。不急。
我们不急。
我们身在尘世，像两粒相互依靠的尘埃，
静静等着和忍着。

选自《人民文学》2013年第6期

【评析】

　　阿信的诗有一种天地人交融的大美。他的诗纯净又醇厚。纯净表现在诗歌语言的干净洗炼之美，醇厚则因为诗歌充满了生命的丰盈感。阿信长期生活在甘南，草原上天地人之间的亲近和简朴生活，让诗人更趋近自然

的本真、生命的本真，这些赋予阿信的诗纯净和丰盈的品质。

《青稞地》描绘春天的草原，青稞还没有长起，云朵低垂、原野空旷，冬后的牦牛形销骨立地伫立，风从空阔的草原吹过……一种苍茫、略有萧索的心绪中，又似乎含着对青稞长起、草地葳蕤的期待。这样的期待关乎生存和生命。

《山坡上》一诗短小凝练，但包容了丰富的内涵。那只孤单的羊，它的孤单难道不是一种无视外物的自我呈现？在这个浮躁的时代，人们经常被外在的喧哗牵引的时候，那只孤单"羊"不为喧嚣所动的身影便犹为珍贵。这是一首写草原某一刻画面的小诗，却触到了时代的氛围并进行了价值判断，以一种可贵的诗歌精神实现了以小见大的超越。此外，孤独的诗人里尔克说过，诗人是最具有孤独气质的人。孤独会让生命更敏锐更深刻，更能面对自我与世界的本真。那只孤单的羊，是否喻指了真正的诗人。

《草地诗篇》在静穆中有光华灿烂之感，读它仿佛来自天界神乐在心中悠然奏鸣。草地上白色的"母马侧首""幼驹仰承"，这幅图景在诗人笔下成为世界的中心，诸神都为此降临分享它们的幸福。不是神赋予万物以生命，而是生命的光辉映照了神的在场。这是阿信对生命的礼赞，对生命本真最为感人的体验与诠释。

《在尘世》是生活中最为常见的一个画面，在去医院的路上遇见了红灯，缓慢的车流长得望不到头，仿佛那就是绝望本身。"黄金般的银杏叶，从枝头/飘坠地面，落在脚边"，此句既增加了场景中的动感，也以叶的飘落预示着某种事物的终结。去医院是急事，遇红灯更急，拥堵的车流又加剧了这种急，本是急得不能再急的事，诗人却在诗中用了四个"不急"。在"等着和忍着"前面加上"静静"二字，这是多么巨大的无奈，又是多么自信的坚定。最后两句提升了全诗，把日常生活中的一件小事上升到人生的哲理。（《在尘世》一诗的评析人：大卫[①]）

---

① 大卫：原《诗刊》编辑，现任中国诗歌学会秘书长，知名诗人，主要著作有诗集《内心剧场》《荡漾》，文集《二手苍茫》《魏晋风流》等。

 诗学现场

【扩展性阅读书（篇）目】

阿信：《阿信的诗》，新疆美术摄影出版社2008年版。
阿信：《草地诗篇》，长江文艺出版社2014年版。

娜夜的诗

【作者简介】

娜夜（1964—），女，满族，祖籍辽宁省兴城市，成长于西北，毕业于南京大学中文系，曾在兰州长期从事新闻媒体工作。参加《诗刊》第14届"青春诗会"，入选第一届"甘肃诗歌八骏"。出版诗集《回味爱情》《冰唇》《娜夜诗选》《起风了》《娜夜的诗》《睡前书》《娜夜诗歌》。获中国当代杰出民族诗人诗歌奖，新世纪十佳青年女诗人等多种奖项和荣誉，《娜夜诗选》于2005年获第三届鲁迅文学奖。

生活

我珍爱过你
像小时候珍爱一颗黑糖球
舔一口马上用糖纸包上
再舔一口
舔得越来越慢
包得越来越快
现在只剩下我和糖纸了
我必须忍住：忧伤

选自《读书文摘：青年版》2010年第9期

母亲

黄昏。雨点变小

我和母亲在小摊小贩的叫卖声中
　　相遇
还能源于什么——
母亲将手中最鲜嫩的青菜
放进我的菜篮
母亲

雨水中最亲密的两滴
在各自飘回自己的生活之前
在白发更白的暮色里
母亲站下来
目送我

像大路目送着她的小路
母亲——

原载《星星》2000年第9期

起风了

起风了　我爱你　芦苇
野茫茫的一片
顺着风

在这遥远的地方　不需要
思想
只需要芦苇
顺着风

野茫茫的一片

像我们的爱　没有内容

原载《星星》2000年第9期

睡前书

我舍不得睡去
我舍不得这音乐　这摇椅　这荡漾的天光
佛教的蓝　我舍不得一个理想主义者
为之倾身的：虚无
这一阵一阵的微风　并不切实的
吹拂　仿佛杭州
仿佛正午的阿姆斯特丹　这一阵一阵的
恍惚
空
事实上
或者假设的：手——

第二个扣子解成需要　过来人
都懂
不懂的　解不开

原载《广西文学》2010年第6期

想兰州

想兰州
边走边想
一起写诗的朋友

想我们年轻时的酒量　热血　高原之上
那被时间之光擦亮的：庄重的欢乐
经久不息

痛苦是一只向天空解释着大地的鹰
保持一颗为美忧伤的心

入城的羊群
低矮的灯火

那颗让我写出了生活的黑糖球
想兰州

陪都　借你一段历史问候阳飚人邻
重庆　借你一程风雨问候古马叶舟
阿信　你在甘南还好吗？

谁在大雾中面朝故乡
谁就披着闪电越走越慢　老泪纵横

原载《诗刊》2014年第4期

【评析】

娜夜是一位优秀的女诗人。她有一颗善感的诗心和自然化境的语言能力。她的诗让我经常想：人有一种贴近生命的态度，才能发现世界的意义。

《生活》一诗写诗人对生活的珍爱，以孩子舔糖纸作为比拟，独特、新颖、隽永。然而，无论"我"怎样珍爱生活，生活都要成为过去，"现在只剩下我和糖纸了"，时光的流走多么令人忧伤。

《母亲》写一个雨点变小的黄昏，母女在菜摊的一次相逢。"还能源于什么——"一句意味深长。源于什么呢？源于买菜是日常生活，源于母女不必言说的约定；只要雨小一点儿，母女就去相见。这里的雨，既是自然界的雨，也被诗人赋予了尘世里繁杂生活的象征性。母亲将"最鲜嫩的青菜放入我的篮子"，也许青菜是女儿最喜欢的蔬菜，母亲永远将最好的给儿女。诗句"雨水中最亲密的两滴"形容母女，将个体化的母女融汇于整个生活，扩展了诗歌的容量。"像大路目送着她的小路"的比喻独特，并寄托着儿女们永远走不出母亲的目光的意味。更值得玩味的是"在白发更白的暮色里"一句，女儿对母亲的体谅中包含着亲人老去的心酸。这首诗平实质朴，却丰富地表现了母女深情，句句意味深长，令人感动。

《起风了》一诗中，诗人伫立天地，天地苍茫，风吹过，人、芦苇、风、天、地浑然一体，此时的人忘记了一切而没有了思想，没有思想而入化境。诗歌造境美妙，情景交融，有天籁之音和出世脱俗之美。

《睡前书》则代表了近年来娜夜创作风格的变化。诗人在现代的夜色——音乐、摇椅、天光里，思绪如微风漫无目的地飘，在这没有思想没有内容的恍惚里，世界和自我都进入了虚无，就如那佛教的"空"。这样的"虚空"，它解放了生存烦累的精神超越性，常常令理想主义者为之倾身。然而，人又常常要在肉身的感受里确证存在。是那解开扣子的手，将人拉回了确定的现实存在。《睡前书》将现代人在一种情境中"虚无"与"恍惚"的情绪描绘得丝丝入扣，同时"深刻地揭示出存在之切的生命之惑"。（沈奇：《这里的风不是那里的风——娜夜诗歌散论》）

近年来，娜夜移居重庆。《想兰州》是娜夜怀恋故土兰州和友人的诗。酒量、热血、诗友与青春有关，那时青春是"庄重的欢乐"，这意味着诗人们青春的欢乐里的认真，意味着对精神生活的重视和追求。由此，高原之上的兰州也有了精神高地的意义。这种精神的坚守和追求已成为生命的一部分而"经久不息"，仿若那"向天空解释着大地的鹰/保持一颗为美忧伤的心"。这几句诗有很强的概括性，概括了一代人的精神气质。那就是娜夜这一代诗人的青春和生活有着立足大地又超越庸俗的特质，并保持至今而在当下浮躁的时代里葆有了珍贵的情怀。"入城的羊群/低矮的灯火"是兰州生活的地域特色，也是这座城市简朴的特征。"黑糖球"外表并不漂亮却是一种令人怀恋的味道,是娜夜对兰州生活的回味吧。接下来,诗人借现在的重庆向兰州的友人遥致问候。阳飏、人邻、古马、叶舟、阿信,该是多么感动。诗的末节直抒胸臆,写诗人对故乡的怀恋,以"闪电"喻对故乡的难忘和故乡赋予诗人心灵的火光,而"大雾中面朝故乡""越走越慢""老泪纵横"是多么深厚的情感和怀念。这是一首真切真诚、非常感人的诗。

娜夜的诗道法自然、洗尽铅华直达真诚的情感,并形成了自然隽永的艺术风格。诗歌丰富的内涵,则让读诗者的心灵随之而丰盈。读娜夜的诗,世界像被诗人掀开了蒙尘的面纱,绽开敞亮出它的丰富,它的美。此外,娜夜诗歌语言的洗练、通脱和从容里氤氲着绵绵的诗意之美,弥久难忘。

【扩展性阅读书(篇)目】

娜夜:《娜夜诗选》,甘肃文化出版社2003年版。

娜夜:《娜夜的诗》,读者集团·敦煌文艺出版社2009年版。

娜夜:《睡前书》,中国对外翻译出版公司2013年版。

雪潇的诗

> 【作者简介】
> 雪潇（1965—），本名薛世昌，甘肃秦安人，天水师范学院文史学院教授。出版诗集《带肩的头像》《大地之湾》两部，有思想随笔、文化散文和多部学术研究著作出版。

煤气灶

一日三次
开三朵幽蓝的花
三朵可远观而不可亵玩的花
一年四季
散发着生活动人的
醋香　米香　豆香

能把一肚子的火气
在黑锅之下
在乌云之下
开成幽幽蓝花的
这个世上　除了佛　只有它

选自《飞天》1997年第3期

海瓜子

听海边上的人说,他们把海滩上的小贝壳,叫做海瓜子。
——题记

我们坐在大海边。我们和大海之间
沙滩的客厅里
是海瓜子

海瓜子。每一个面对大海的人
都要接过海瓜子
像每一个来到老家的小孩子
都要接过祖母的杏干或者红枣

海瓜子,大海的轻言细语
大海要和东北人唠嗑啊
要和北京人随便乱侃,要和我这个甘肃人
嗑着海瓜子片一片闲传

大海今天穿着蓝色的礼服
大海今天的心情好啊
她不说自己无边的风暴,也不说自己深远的寂寞
她只从蓝色的口袋里掏给我们海瓜子
海瓜子,咸咸的海瓜子
海瓜子,大海手心里的一点小意思
看见了海瓜子就是看见了大海的手指甲
看见了海瓜子就是看见了大海洁白的牙齿

海瓜子一把一把地出现在沙滩上

出现在大海的客厅

有朋自远方来不亦乐乎

浪花像大海的微笑漾开在大海的脸上

选自《诗刊》（下半月刊）2003年第5期

【评析】

将习见的生活事象和自然物象创化为诗情画意，是雪潇诗的特点。

《煤气灶》将日常生活审美化，写的是煤气灶，表达的是对生活的热爱，进而赋予其哲思，是一篇简短而诗意充沛的佳作。把煤气灶燃烧这样一个最日常的现象，诗化为可远观而不可玩亵的幽蓝花朵，并赋予其四季飘香的各种食物之香，幽默机智地将物象转化为文学意象，可谓神来之笔。接下来，继续"远观"，进入沉思和评价："能把一肚子的火气/在黑锅之下/在乌云之下/开成幽幽蓝花的/这个世上/除了佛/只有它"，即是写实，也是浪漫，既是状物，也是拟人，令人忍俊不禁，又极富逻辑性，还有了一些视通万里、神与物游的味道。"佛"的出现，顿时使诗意升华，有了境界和哲思。物象的诗意转化，意象的巧妙组合，从直觉观照到冥想沉思逐步深入的审美心理过程，是这一短诗感染读者的妙谛。

《海瓜子》，命名就有"陌生化"的阅读效果。诗人以异域他者的视角通过海瓜子的形象，表现对大海的感受，联想"我们"与大海的关系，思路开阔，意象叠出。海瓜子，杏干，红枣，老家的小孩；海滩的客厅，大海的微笑，大海的礼服，大海的心情，大海的手心，大海的手指甲，大海洁白的牙齿，大海的轻言细语；唠嗑，乱侃，片闲传，等等，大海的"人化"和人与自然的对话，构成浑然一体的生活场景和心理场域，将一个内陆人面对大海的心境表现得淋漓尽致、具体丰满，诗意盎然。

【扩展性阅读书（篇）目】

雪潇：《大地之湾》（诗集），新疆美术摄影出版社2016年版。

梁积林的诗

【作者简介】

梁积林(1965—),甘肃山丹人。中国作家协会会员。著有诗集《老月亮的歌》《河西大地》《西北偏北》《部落》《西圣地》《黄草原》《正午的神》《梁积林的诗》等。诗作入选数十种有影响力的选本。曾获《诗刊》优秀诗集奖、《飞天》十年文学奖、甘肃省敦煌文艺奖、甘肃省黄河文学奖等多种奖项。

风逐蓬蓬草

长城的豁口处,那人
已坐了很久
不用瞅,他的羊就在附近
逐蓬蓬草而走
事实上,他的烟锅就是一只时间的眼
亮在豁口

一阵风刮过
远处的葵花地抖了抖
事实上,是他抖了抖垫在屁股下的毡衣
走向了另一个豁口

事实上啊,他是西北偏西戈壁滩上的一个
牧羊老头。他的身子有些佝偻,但他嘘上一声
就能把头顶上的一只老鹰

射落在
身后的沙丘

秋日下午

树上
挂着几袋鸹声

一只秃鹫，蹲在
一截断垣上
假寐

那头牛
探出豁口
哞了一声

请把一道山路的闪电
还给天空

请把日影
还给墙根

秋风啊，像一条蛇
在枯草丛中穿行——

寻找它，去年里
蜕下的冬眠

契约书

1

敦煌沙尘。河西大风。
突然黑下来的天空,突然袭来的冷

反弹琵琶的女神
请把两盏酥油灯再点亮些
一盏放在我的肩上,另一盏也放在我的肩上
左肩右肩
我的肩膀上有神啊
我要修复这走神的天空

凝脂的泪痕
像五根手指。
五根加五根,就是一双羊脂玉器
请把我的命运再抱紧些
我就不再说失去了,我就不再说别离了

2

黑河是一支弦,弱水是另一支弦
怀抱我的河西走廊
这把二胡
我是我的瞎子,我是我的国度
摸一下太阳,再摸一下月亮
两声颤音
是我的又一次嘱咐和叮咛

五月的麦地世界的麦地

五月的麦地是一本契约书

就算我把时间都用光了
还有那个早晨
就算我把时间都耗尽了
还有那个黄昏

选自《诗刊》2016年第1期

【评析】

  梁积林的诗是令人叹赏的。《风逐蓬蓬草》一诗以冷峻的笔墨描绘了西部广袤而荒凉的大自然图景，并凸显了身在其中的人的力量。羊群逐着稀稀落落的蓬蓬草啃吃，牧羊人像一座雕像沉默地蹲坐在长城的豁口。这个身形佝偻的牧羊人，对这片戈壁那样熟稔，仿佛他就是这片戈壁上的"王"。他明灭的烟锅如时间的眼睛，洞悉了这片土地的时空。风过，葵花随风摇摆，莫不是牧羊人起身时抖动了屁股下的毡衣？牧羊人嘘上一声，那头顶上的老鹰，就会被他迅疾地射落在身后的沙丘。在这首诗中，自然荒凉，但人和自然并没有对峙，人也并未在自然的威压下弱小，而是在交融中以从容的姿态面对生存。牧羊人那佝偻的身形，蕴含着强韧而从容的生命力量，甚而，可以这样说，他有庄子游于天地间的逍遥。这首诗有非常强的镜头感和画面感，主体化了的自然呈现出典型的西部特色，但没有故作奇异的渲染，疏朗嵯峨简练的语言中有透彻的硬朗的内核，烛照出真正的西部诗歌的精神气质。当然，在超越性的意义上，也是对坚韧而从容的生命的礼赞。

  《秋日下午》可一窥梁积林诗歌的高度的艺术美。这首诗既传统又先锋。先锋性表现在诗其实是以电影的蒙太奇手法来写诗的：树上几只老鸦呱呱地叫，断垣上蹲着一只秃鹫，静默着像在假寐，一头牛将头探出豁口哞了一声，远处崎岖的山路高入云霄仿佛天空探出的闪电，日影投在了墙根下像是归还，秋天的风吹过草丛，草丛摇摆哗动。七节诗是七副镜头和画面，共同组成了西部一个秋天下午的风景。传统性表现在诗歌语言，绘出的是心灵所直接领悟的物态天趣：鸦声挂在树上、断垣上的秃鹫假寐、牛在豁口哞了一声、山路是天空的闪电、日影是对地上事物的归还、秋风吹过在草丛是蛇在游走找寻冬眠之地，这样的意象是造化和心灵的凝合，非常符合中国诗画艺术中对生命情调和艺术意境的追求。诚如宗白华先生所说："空寂中生气流行，鸢飞鱼跃，是中国人艺术心灵与宇宙意象'两镜相入'互摄互映的华严境界。"①

《契约书》这首诗里，"敦煌沙尘。河西大风。/突然黑下来的天空，突然袭来的冷"是对自然的实写。诗人接下来将自己投入和参与到自然的奥秘与气息中，获得了对自我精神完整性的体验。这种精神体验通过与神性的同在而形成梦幻又神圣性的世界，这是诗歌精神性韵味的根基。神性体验贯注了诗人的身心，于是，河西走廊"反弹琵琶的女神"和"酥油灯"以神乐和彻夜的光明，让心灵在沙尘大风、冷寂暗黑的夜晚洞明。但这不只是神启，还有诗人心灵向神的靠近。人本是神之子，亦有神性。所以，诗人也以自然奥秘的神性体验修复神行走的天空。于此，自然的奥秘、神的气息与诗人的精神融汇在一起。

诗人以超拔性的精神体验，把诗歌变为一种力量，用这种力量去弥合人类已经失衡断裂的文化经验。在当今整体性的社会经验处于务实和趋于追逐物质以及舒适感之时，诗人去获取精神完整或者说追求精神体验中生命的高度。于是，在梦幻般的神游里，河西走廊的地理是诗人生命体验中的"乐器"，无论"我是我的瞎子"还是"我是我的国度"，和日月的交汇里，完成了一个精神世界完整的自己。这首诗是诗人与河西的契约，是与神的契约，更是与自我精神领地的契约。热爱这片大风冷寂、古老神秘的神性土地，不言失去不言别离，此为命运并且抱紧，于此立下"契约书"。

然而，诗歌并不将契约停留于个体精神层面，"五月的麦地世界的麦地/五月的麦地是一本契约书"两句将诗歌的境界进一步开拓，赋予诗歌热爱、蓬勃和丰盈之感。因为"五月的麦地"是养育生命、延续生命的现实存在之象征。这个契约书就进一步成为诗人与人类相约热爱生活、热爱生命的契约书。为此，即使消耗一切，只要精神完整地在"那

---

① 宗白华：《美学散步》，上海人民出版社1981年版，第85页。

个早晨""那个黄昏"体验到生命意义,并为之倾心和燃烧,仍然立此契约。

  这首诗在诗歌艺术上是非常独特的。看似梦幻般的语言,提供了一种超拔性的精神韵味,并指向完整自我在神性体验之中的生命感,以及人类现实经验之上的深层精神追求。而诗歌语言中的河西走廊的人文地理也非常形象新颖,其韵味可反复咀嚼。

【扩展性阅读书(篇)目】

梁积林:《西北偏北》,大众文艺出版社2010年版。

叶舟的诗

【作者简介】

叶舟（1966—），本名叶洲，甘肃武威人，中国作家协会会员，甘肃省作协副主席。著有大量的诗歌、散文及小说作品，有诗文集《大敦煌》《边疆诗》《叶舟诗选》，散文集《世界背影——20世纪的隐秘结构》，小说集《第八个是铜像》《叶舟的小说》，长篇小说《案底刺绣》《形容》等多部。作品多次入选各种年鉴和选本，并被译为英、日、韩等国文字，有小说被改编为影视剧。获《人民文学》诗歌奖、西部文学奖、甘肃省敦煌文艺一等奖等多种奖项，短篇小说《我的帐篷里有平安》荣获2014年第六届鲁迅文学奖。

大敦煌（节选三首）

丝绸之路

大道昭彰，生命何需比喻。

让天空打开，狂飙落地。
让一个人长成
　　　在路上，挽起流放世界的光。

楼兰灭下星辰燃烧岁月吹鸣
而丝绸裹覆的一领骨殖
内心踉跄。
在路上，让一个人长成——

目击、感恩、引领和呼喊。
敦煌：万象之上的建筑和驭手。

当长途之中约灯光
　　　布满潮汐知翅膀
当我们人生旅程的中途
在路上，让一个人长成——
怀揣祭品和光荣。
寺院堆积
　　　高原如墙
　　　　大地粗糙
让丝绸打开，青春泛滥
让久唱的举念步步相随。
鲜血涌入，就在路止
让一个人长成
让归入的灰尘长久放射
爱戴、书写、树立、退下
　　以至失败。

帛道。
骑马来到的人，是一位大神。

阴山下

头枕药箱：
这古老的经卷和吹鸣
坐在高高的北方。

长星吹动，我是你永远向阳的山坡
挂在飞矢和骑射之上
映照千年。

世界，
这座空空如也的羊圈
梦见我作了头一道
　　羔羊的祭献。

阴山牧我，于这高入的祭坛，云朵祭坛
马之祭坛——
敕勒川前
胡天之内泪水无边。
当石窟开启，雪花沉入
当羊脂灯台佛光闪现神祇飞动
当一把刀柄镶嵌了可能的歌谣
噢，
阴山下——
这最后的运灵人，像十个儿童
一道抵及了马头的琴弦
　　自着缟素。

　　　（敕勒川，阴山下
　　　　天似穹隆，笼盖四野。
　　　　天苍苍，野茫茫，
　　　　风吹草低见牛羊。）

阴山牧马——
于马蹄四溅的敦煌
于十万可汗刀光飞舞的金帐
牧我，于鹰哨之上心上人腐朽的脸庞
阴山牧我——
牧我羊群遍地的乳房
牧我青铜枝下悄然生长的女儿

牧我，
于深处的故乡和一枝离别的格桑

敦煌夜曲
——献给常书鸿先生

一

骨哨声下，十指难忘。

吹动。
秋风吹动。
一位裸露的飞天，静坐石窟。
黄昏骑住鹰隼
玉门关口，推开城门——
　　那集市的篝火早已熄灭。
　　那羊皮口袋里的婴儿已经长成。
而游移的更夫像爱情的小马驹
脊梁发光。

二

十万细沙，集体吹鸣。
看看，像是麻脸的成吉思汗
刀剑归仓。
月光照临，这个青年。
月光照临一个草原帝国。
马头琴断，
一堆豹子，和一场悄然的质询尚未来到。

就在泉边，一只经卷的木箱
敞开了歌谣——

三

"北斗七星高,
哥舒夜带刀。
至今窥牧马,
不敢过临洮。"

四

午夜的羔羊,犹如一个真理。
他接下了牺牲的灯笼
走向黎明。

这是一个需要举意的时代。
午夜的羔羊,
怀揣了
祭品和光荣——
梦见刀刃
梦见七枝饱满的青稞。

以及月光大地,旌幡浩荡。

五

风的深处
谁人?
在高声作答——
"历史是民众进入了天命的工作
开始其历史的捐献。"①

---

① 海德格尔语。

六
所有的指针都停在心上
所有凿试，所有的工匠
都死里逃生

只有敦煌洞开
一千零一洞只向你颂扬
当弯曲的世代成为灰烬，当凛冽的诗行
归于万籁的寂静——

但大地依然美丽。

七
"说出你，最热烈的愿望吧。"
羊脂灯下，这土印封严的书卷
——葬你于亲爱的北方
——葬你于月光
——葬你于故乡的敦煌

选自《诗刊》1994年第12期

万物生长

坐在正午，坐入
今天灿烂的日光下
我比天空明净，比云朵坚定
比一切过往的爱恨
更加温馨。大地生长，青草葳蕤
世上的好儿女们

前赴后继。

爱上每一寸光,爱着
无限的大气和苍茫
我比　本古籍悠久比一堆
暗夜的篝火响彻
鹰隼告诉我的每一个好消息,我也将
传递四方。我放还了马,它黝黑的脸
恍如世上的奇迹。

鲜花怒放,时间吹袭
在人生的海拔上,我比一捧雪
比一炉时代的钢铁
更加热烈。我劈下内心的柴
取出沸腾的心跳
因为,并不是我孤身一人,马不停蹄
走在锦绣的春天。

选自《作品》2008年第2期

【评析】

　　《大敦煌》中的诗歌,西部意象纷繁叠加,将西部辽阔大地的古老的风物、历史的片段全部复活,加上十万神灵的降临,西部的天空和大地都是那样神秘、丰富而古老。这就是"大敦煌"的气韵。这样的大敦煌,它的气息如绵延古今的河流,汩汩流淌在诗人的血液里,就如"当长途之中约灯光/布满潮汐知翅膀/当我们人生旅程的中途/在路上,让一个人长成——",敦煌给予我们的"目击、感恩、引领和呼喊","爱戴、书写、树立、退下以至失败","都让生命挽起流放世界的光"。敦煌就这样成为诗人的精神领地,她以超拔的精神和丰富的滋养,召唤人们迷途知返,牧养人的成长,让人们感悟"大道昭彰,生命何需比喻"。

叶舟的诗

叶舟是以虔诚的宗教般的感情来把大敦煌作为精神寄托或者精神资源的。敦煌哺育和滋养着西部人，诗人对敦煌有着极深的崇敬。于是，《阴山下》一首中，古老的敕勒川阴山牧羊、阴山牧马，阴山亦牧"我"。历史上曾有数不清的可汗刀光飞舞、征战杀戮，而敦煌佛光闪现、神祇飞动，用慈悲消泯暴力、用悲悯化解杀戮。放下刀剑珍惜生命的"运灵人"纯净如儿童。其实，这些命题之于历史、之于生命的意义难以一言而尽。不论如何，敦煌把它的丰富化为一种精神的血脉牧养着祖先的人生，也牧养着今天我们这些儿女。《敦煌夜曲》是献给近代以来被誉为"敦煌的守护神"常书鸿先生的一首诗。在诗中，敦煌梵音高奏好似月光，照亮和感化了杀戮者成吉思汗，将他的刀剑归仓，一个草原帝国的精神世界也由此得以洗礼。敦煌的月光亦照临了一个青年常书鸿，他以唐代名将哥舒翰般的勇气和威名保卫着敦煌。在这首诗中，叶舟也以宗教式的举意和献祭来描绘常书鸿之于敦煌的情感，赞颂他的功绩在一切归于寂静之后，"只有敦煌洞开／一千零一洞只向你颂扬"，"大地依然美丽"。

《大敦煌》中大量诗作整体上呈现出外在的西部地域性特色。外在的地域性并不代表叶舟的诗就是地域诗歌或者以西部诗歌来命名。他的诗以一种宗教感的超越性精神力量，激情澎湃地抒发着生命的延续、历史的回响、人贴近大地又将精神飞扬于云端的大我生命体验。而"祭献"这个带有浓厚的宗教色彩的词语在叶舟的诗中一再出现，可作为解读叶舟诗歌精神的入口和宗教性精神追求的向度，体现出两层含义：一是叶舟的诗歌有一种超越感和宗教式的神秘忧郁的风格；二是叶舟的大部分诗的宗教化意蕴并非指叶舟在诗歌中宣扬某种宗教信仰，而是指诗歌摒弃世俗，注重具有神性的情感体验的特质。《大敦煌》中的诗有才气纵横的恣肆，有驳杂丰富的内涵，有酣畅淋漓的激情，读诗亦是一种极限般的体验和挑战。

《万物生长》代表了叶舟诗歌的另一种风格和书写方向，是抛开了历史文化的厚重之后，抒发性灵和自我情绪之作，诗风相对清新灵动。不过，诗歌的气息仍然发散着一种万物生长的蓬勃生命感，万物的灵性与诗人内心契合形成了博大的世界图景，宽阔、温暖和充满热爱的胸怀，仍然显示着一种大气。可以说，叶舟诗歌内涵的丰富性是一贯的。此外，叶舟的诗的音乐感显示了高水平的现代汉语诗的语言之美。

【扩展性阅读书（篇）目】

叶舟：《大敦煌》，敦煌文艺出版社2000年版。

叶舟：《引舟如叶》，敦煌文艺出版社2016年版。

古马的诗

【作者简介】

古马（1966—），甘肃省武威人。参加诗刊社第十四届"青春诗会"，两次入选"甘肃诗歌八骏"。出版《胭脂牛角》《西风古马》《古马的诗》《红灯照墨》《落日谣》《大河源》《陇军文学八骏金品典藏·古马的诗》等多部诗集。曾获甘肃省首届"黄河文学奖"一等奖、甘肃省第五届敦煌文艺奖一等奖、《飞天》十年文学奖、2007年度人民文学优秀诗歌奖、《诗选刊》"中国2008年度十佳诗人"、甘肃省第二届中青年德艺双馨文艺工作者称号、首届《朔方》文学奖、中国优秀诗集奖以及第六届和第九届华语文学传媒大奖提名年度诗人等。现居兰州。

青海的草

二月呵，马蹄轻些再轻些
别让积雪下的白骨误作千里之外的捣衣声

和岩石蹲在一起
三月的风也学会沉默

而四月的马背上
一朵爱唱歌的云散开青草的发辫

青青的阳光漂洗着灵魂的旧衣裳
蝴蝶干净又新鲜

诗学现场

蝴蝶蝴蝶
青海柔嫩的草尖上晾着地狱晒着天堂

罗布林卡的落叶

罗布林卡只有一个僧人·秋风
罗布林卡只我一个俗人·秋风

用落叶交谈
一只觅食的灰鼠
像突然的楔子打进谈话之间
寂静，没有空隙

生羊皮之歌

白云自白
白如阏氏

老鸹自噪
噪裂山谷

雪水北去
大雁南渡

秋风过膝
黄草齐眉

离离匈奴

如歌如诉

拜月祭日
射猎狐兔

拔刃一尺
其心可诛

长城逶迤
大好苜蓿

青稞炒熟
生剥羊皮

披而为衣
睡则当铺

羊皮作书
汉人如字

荒唐的故事
——在海边

你凝视着我
如同俯身凝视一个婴儿
你花海螺的耳坠里摇晃着疼爱的月光

呀呀学语
我应该和晨光一道

学会叫你：母亲

可你何故从我身边退走
提起海浪的裙子
退至群星咸腥、珊瑚沉默的地方

你胸脯起伏，起伏着大海的蓝
在那里，没有母亲的乳汁
只有情人放荡的乳房

当我扛着独木舟走向大海的时候
一枚沉睡的水雷
——你的发髻让我着迷
让我成熟得像个浑身涂抹着棕榈油的男人
血管中回荡不断爆炸的声浪

选自《人民文学》2007年第1期

【评析】

　　要读懂古马的诗，必须先穿越历史进入古代北方游牧部族的生活和文化精神，去触摸北方边地文化中生命的内核，并且用心体会诗人那温热的心赋予历史的现实关切和悲悯，然后品味精致洗练到自然无痕的语言功力，才能领略到古马诗歌为什么那样地独特而深邃，凝思却自然通脱。古马的诗体现了诗人穿透历史和现实，诗情驰骋于丰富的精神领地具有的高度创造力。诗歌有时苍凉幽古，有时温热纯净，或者二者兼而有之，皆赋予澄明敞开的回味之境。

　　《青海的草》在二月、三月、四月的时间推进中写青海春意渐浓的过程。诗人用爱唱歌的云、青草、柔嫩的草尖、干净新鲜的蝴蝶，组成眼前纯净清新、天堂般温暖光辉而生机盎然的春天，也用积雪下的白骨、千里外的捣衣声、地狱这样的意象引人进入远古之思——这片土地上曾有过的千军万马践踏的战火杀伐。然后诗人以中国古典诗词中互见的手法写流血牺牲的将士至死不渝的思乡之情，以及月夜离人捣衣声声中的思念，从而赋予诗歌一种苍凉忧伤。就这样，现实风景的明媚生机与历史印痕的残酷悲伤交织在了一起。但这并非关于历史与现实的嗟叹，诗人在今天的"马蹄轻些，再轻些"的直接抒情祷告中，在对学会了沉默的风的间接抒情赞许中，浸注了对逝去生命的深切悲悯，扩张了诗的容量，表达了一种温暖的情怀。这首诗最令人称道的是诗歌的意象和语言，诗人用"一朵爱唱歌的云散开青草的发辫"写春雨淅沥滋润大地青草蓬勃生长，多么独特的形象，多么美丽的联想和譬喻，堪为妙笔绝唱。"蝴蝶干净又新鲜"这样的句子则让读诗的人心中也干净又新鲜。这么说吧，这首诗以幽古、纯净、澄明敞开、温热、悲悯，和干净又新鲜的语言造就了一首不可多得的"干净又新鲜"的诗。

《罗布林卡的落叶》写一种寂静中的情境。诗人在藏地园林罗布林卡远离了现代的喧嚣。世界寂静，一僧一俗，无语，一阵秋风，脱俗和凡俗都已两忘，没有分别心而进入人与世界的交融。寂静，落叶的飘零是诗人与世界的窃窃私语。突然，一只觅食的灰鼠跳跃进诗人的眼帘。这个生灵的闯入并非打扰和隔断，而是寂静中宇宙和生灵绽放出的生意。这首诗写静，插入动又归于静，静之极，而动之生意郁郁，然皆由于静，诗人听到了自己的内心，世界也敞开了它平日不曾为人们了解的深意，于是人与世界有了真正的交谈与沟通。多么难得的寂静！在艺术表现上，这首诗的画面感非常强烈，与诗歌营造的情境一起，形成回味悠长的意境。

《生羊皮之歌》是一首古歌。白云、老鸹、山谷、雪水、大雁、秋风、黄草是北地亘古的自然风景。从"离离匈奴/如歌如诉"一节起，则在久远时间感中进行着历史的复原与想象，从而进入到了古代北方游牧部族的生活方式及其精神世界，触及到北方边地文化的内核。这样的特色在古马的其他诗作，如《祷告》《倒淌河小镇》等诗歌中也有体现。而由于古马书写西部山川风物和西部文化时，都以一种"亲近而又疏离的客态抒情"进行，所以"作为古马的'西部'，似乎更符合其本原的品性与质素"（诗人沈奇语）。

古马的诗有较高的艺术成就。现代诗的超现实主义意象组合方法，

《诗经》、民歌以及古典诗词的熏染积淀，都能有机地融化在诗歌的语词结构和肌理中，表现为诗歌节奏的和谐，语言的纯净饱满和凝练。与之相应，也形成了古马的诗简约内敛的美。古马为当代诗歌的艺术美提供了一种范例。

《荒唐的故事》一诗有浓厚的现代意识和现代色彩，代表了古马诗歌的另一种风格。这首诗的独特之处是对大海意象的拓展所赋予的新意。前两节诗描绘的大海以母亲的形态存在，这是文学作品中习见的大海意象。但从第三节起，大海不再是慈爱的母亲形象，而是"胸脯起伏"，有着"放荡的乳房"，让我"血管中回荡不断爆炸的声浪"的情人形象。这两个形象之间的转换以"可你何故从我身边退走"一节串联，以心理中潜意识的流动形成一个"荒唐的故事"。诗人对大海拟人化、出乎意料的想象、通感修辞等都表现诗艺的创新。

【扩展性阅读书（篇）目】

古马：《西风古马》，敦煌文艺出版社2003年版。

古马：《古马的诗》，甘肃文化出版社2014年版。

胡杨的诗

> 【作者简介】
> 　　胡杨（1966—），原名胡文平，甘肃敦煌人，中国作家协会会员、诗人、学者，入选第一届"甘肃诗歌八骏"，参加诗刊社第23届青春诗会。为《中国国家地理》《人民日报海外版》特约作家。著有诗集《胡杨西部诗选》《敦煌》，散文集《东方走廊》，西北地理历史文化丛书《古道西风》《西北望》《走进罗布泊》等32本。诗曾多次入选多种选本。作品荣获甘肃省"五个一"工程奖、黄河文学奖、敦煌文艺奖等多种奖项。

绿洲扎撒（组诗选六）

出塞
我原以为戈壁上稍稍突出的高埂
是自然风力的劫数
自不必去做细致的探寻

我原以为岁月的风烟
像一场弥漫的沙尘
说过去就过去了
此刻与另一刻
极其相似

我原以为一颗种子的生长
反反复复以至无穷

会有一个庞大的家族
统治越来越广阔的领地

当我拨开夏日的唇景
一道土埂下掩埋的呼吸依旧温热
像一个垂死的人
托付了最后的心愿

而那一枚生锈的箭矢
依然有凌厉的棱角
稍稍抚摸
就激发了它嗜血的本性

在后退的白杨树下
蜥蜴艰难地滑行
终于碰落一滴
灰蓬草上的露水

喧嚣的田野
在那一场旷日持久的沙暴中沉默
种子的沉默
再也没有遇见
让她微笑的年景

沙湾

风吹起来
所有的风
到了这儿
就像一头疯牛

胡杨的诗

沙子逼走了树、草和溪流
沙子逼上了人的膝盖

风口
沙子是一把弯弯的刀

这把刀
架在树庄的脖子上

沙湾，村庄的脖子
村庄的呼吸
越来越微弱

那些种苜蓿的人
留住了马
那些栽葡萄的人
引来了月光

沙湾，月光一样的水
马一样奔腾的植物
占据了沙的要津

这沙湾，是一个聚宝盆吗
向日葵的花盘
转动了精彩的时光

一簇黄花

戈壁上，这一簇黄花
映黄了阳光

· 161 ·

戈壁上，四处的寂寞
阻断了花草的
浪漫与自由

戈壁上，荒芜如雨
淹没了软弱的春天

而这一簇黄花独自浮出
超越了碎石的压迫
细小的枝条
稀疏的花
就照亮了戈壁的世界

一线光明
就会让黑暗崩溃
这小小的黄花
断然在绝望中领取了
希望的出生证

走过这一簇黄花
看来，前方的缓坡下
定会有牧人的嗯哨

旷野

两个人站在沙丘后面
一个，折了一枝芦蕙
在手里搓揉着
一个，不停地踢着沙土

一个说，你厌烦死了

土都冒到了裲子上

一个顺着话音走过去
轻轻拍着另一个的衣袂

一个说,谁让你拍了
快远一点,让人看见

一个趁势抱住了另一个
两个人拥在一起
都不说话
风吹过
又扬起一阵沙土

旷野上静悄悄的
不知道沙丘后面
还有两个人

沙枣林

在沙漠上,我独对沙枣林
寄托情谊,我独对这形容散乱的树
充满幻象
我以为它粗糙的表皮之下
必定深藏爱与传奇
必定绽放春之大纛
明媚而又放旷

经过漫长的沉默
六月的阳光
唤醒了大地和沙漠,激发了

才露尖尖角的春草
沙枣树就高居于
华丽的宫殿
那超密度的金黄的花冠,像是
宣讲的喇叭
芬芳的花潮鱼贯涌入

几乎是一瞬间就被击倒
或者被俘虏被崇敬
一束沙枣花的存在无时无刻
仿佛伸手就能够触摸

一个人从沙漠上走过
从少年、青年、老年走过
只有这沙枣树
是可以自由攀爬的树

九滴泉

在戈壁,在沙漠的过渡带
一种叫做梭梭的植物骨瘦如柴
几片叶子被风吹走之后
中午的烈日下
它似乎休眠

沿途,这样植物越来越少
就像穿越者的脚印
几年前深深的车辙被沙埋没
见到它们
像来不及张口的问候
干旱的手掬住呼吸

半途而废的窒息者不在少数

这个时候,我特别想念九滴泉
泉是一滴一滴的
无声无息,但不到一刻钟
就是一杯水
多么珍贵的水
哪怕一滴,也值得坚持
天高地远,几只云雀飞过
啾啾啾的叫声
宛如清凉的水滴
这云雀啊
她肯定是享受了
九滴泉的恩惠

选自《扬子江诗刊》2013年第3期

敦煌之西

敦煌之西,是跨越了党金果勒河的广大地域
在我看来,那是一片不毛之地
夏天,跑着一群拿着火把的刀
冬天,跑着一群举着刀子的风
爱谁是谁,爱谁,谁得脱两层皮
可汉武帝没这么想,唐太宗没这么想
他们都把自己的触角伸到了这里
汉武帝的触角是那些长城,唐太宗的触角是那些
端庄菩萨
和壁画上华丽的衣袂
敦煌之西,我骑一匹毛色肮脏的骆驼

一颠一簸揣测古代的商人怎样忍受煎熬
我是受不了了，商人们毕竟心怀利润
站在烽火台上，我努力像一个守望者
站直自己的身体。仍然还有一点点矫情
一只野兔子自由极了，一会儿疯跑
一会儿长久地趴着
在这荒野上，它吃什么、喝什么
一阵子我为这只兔子操心，操闲心
敦煌之西，玄奘悄悄溜过去了
像一块石头，被风吹着滚过去
没有了棱角
他的棱角都留在史书里了
我在敦煌之西，孤零零的
不如一只老鹰

选自《诗刊》2007年第12期

【评析】

　　胡杨的诗有浓郁的西部人文地理的特色。胡杨的诗的西部味儿有自己的独特性，那就是在深刻地把握了西部地理的内在特性或者说生态法则的基础上，将荒芜与美丽同时呈现，探问生命与死亡的秘密，以及西部的精神气质。这在《绿洲扎撒》组诗中有明显的体现。扎撒是蒙古语"法令"的意思。绿洲扎撒，就是绿洲的自然法则。《出塞》一首写荒漠已经延绵了千年，这片土地上曾有过的努力和愿望都被黄沙淹埋，它就是以这种状态旷日持久。现在，生态恶化的严酷仍然在继续，曾经喧嚣的田野被沙暴击打，从此种子都不再发芽。而在荒芜和干旱的威胁下，白杨树也在后退。不屈的蜥蜴在仅有的白杨树下艰难爬行，终于觅到了灰蓬草上的一滴露水。《出塞》为全诗提供了一幅大尺度的荒漠背景。在这个大背景上，整组诗都在写大片荒芜的沙漠戈壁中小尺度的绿洲，以及绿洲上的生物群落。《沙湾》写在风沙的肆虐下，沙湾是村庄的命脉，神奇地有着月光般清澈的泉水，人们种苜蓿养马，栽葡萄引来美丽的夜色，让绿色占据了风沙的要津。而那朵朵绚烂的向日葵花，更精彩得让时光炫目。《一簇黄花》中那"细小的枝条/稀疏的花"就照亮了戈壁的世界，它是黑暗中的一线光明，是绝望中的希望，它是生命坚韧存在的证明，有它的地方牧人也就在不远处。《旷野》写沙漠里谈恋爱的情侣，细节描写生动有趣，戈壁情话和爱情的甜蜜令人莞尔。可谓是身处荒漠，但爱情不是荒漠。《沙枣林》一诗礼赞沙枣树生命力的顽强，可以陪一个人走过少年、青年、老年，由此而将它作为令人崇敬的对象，热情地将沙枣树比作沙漠中的王，它开花的时候，就像居于华丽的宫殿，而金黄的花冠，像宣讲的喇叭，首先给荒漠召唤着春意和生机。《九滴泉》写沙漠的干旱，生物的枯死和荒芜，由此怀念九滴泉，表达对水的渴望，当然也是对生命成长的渴望。《绿洲扎撒》组诗不是单纯对西部风物的描述与抒情，也没有多少苦难倾诉或者忧伤凭吊之思。诗歌描绘严酷的自然环境，又礼赞着沙漠绿洲上那些不屈的生灵：植物、动物和人，感受着它们生存的力量和精神气质，同时也思考了生命与自然的关系。而严酷的生存中锤炼出的生命强力，令人对生命的坚韧怀着深深的敬意。

诗在词语的跳跃和组合之间形成意味。《敦煌之西》的意味在两组词语组成的维度上进行编码。首先，在自然维度上，敦煌之西夏季炎热，冬季酷寒，不适宜人生存。用诗歌语言表达是"夏天，跑着一群拿着火把的刀/冬天，跑着一群举着刀子的风"。喜欢这里的人就要接受它使人"脱两层皮"的严酷，诗人却说这是它的爱，以痛苦的感受写热爱的顽强。而且，这里还有自由的兔子、飞翔的老鹰。这些都赋予在恶劣的自然环境里的生灵、生命以一种坚韧顽强的精神。其次，在历史的维度上，汉武帝征服西域的武略、唐太宗治理丝路的文治、丝绸驼铃中的商业繁荣、玄奘取经的文化交流、烽火台上的硝烟和守望，这些重要的历史过往浓缩在简洁的诗句中，敦煌之西承载了古老厚重的历史内涵。在这两个纬度之间，作为抒情主人公的诗人在历史与当下的转换中，在个人生存与自然环境的游走里，完成了一次向坚韧精神的致礼，一次生存、自然、历史交融的诗意感叹。这首诗并不长，却包含了较大的容量，得之于诗歌语言和结构的浑融化境。

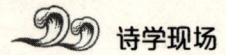 诗学现场

【扩展性阅读书（篇）目】

胡杨：《胡杨的诗》，甘肃文化出版社2014年版。

敏彦文的诗

【作者简介】

敏彦文（1968—），回族，甘肃甘南人。在《诗刊》《民族文学》《人民文学》《飞天》《星星》等刊物发表大量的散文、诗歌、文学评论。作品入选多种重要文学选本。出版诗集《相知的鸟》，散文集《生命的夜露》《在信仰的草尖》，文学评论集《甘南文学夜谭》等。主编《甘南青年诗选二十人》等书。多次获全国及省级文学专业奖、文艺评论奖。

在草尖行走的六种方式

我们都喜欢在草尖行走，
这近似神仙的行走方式，
如今却成了我们生命深处的一种奢望，
往往在梦中才能实现。

在草尖行走，有六种方式：
风、雨、露、阳光、花朵、果实；
在草尖行走，草有六种表情：
幽怨、哭泣、惧怕、陶醉、欣喜、自豪。

风行走，草会摇摆，可知风的方向，
也可看留在草叶上的沙尘，
判断风的清浊。浊风会脏了草的脸，
爱美的草会不高兴，

也会弄脏我们的鞋,我们也不高兴。

雨行走,草会颤抖,但也会努力撑直腰杆,
再平凡的生命也有它的英雄气。
如果雨的时间太长,草就会哭泣,
我们也不忍心行走,怕惊破它的泪水,
伤了它的英雄气,也湿了我们的鞋。

露行走,草会担心,怕一不小心跌碎了那晶莹的珠儿,
葬送了人家的美丽、断了人家的梦想,
也使自己失去最水灵的饰物,
变得单调呆板、朴拙卑微、无精打采、面无颜色。
因为再漂亮的姑娘也喜欢神性的珍珠项链装扮。

阳光行走,草会陶醉,它用温暖的唇长吻草叶,
草快乐地成长,一个春天下来,
小姑娘就出脱成丰腴少妇,奶汁充沛而甘甜,
哺育漫山遍野的牛羊马匹膘肥体健,
滋养牧人蓝天一样的期许辽阔温润,
为山顶的嘛呢旗增色,使山下的寺院光彩,
也使小伙心底的歌声嘹亮。

花朵行走,草会欣喜,对于荣誉,
卑微至于小草,也会从灵魂深处激动,
犹如对于美女,再平凡庸常的男人,
也会在心底掀起爱慕的浪潮。
请不要奇怪,也不要嘲笑,
这是生命更新、成长、美丽和壮阔的一个动力,
智慧至于人类,也摆不脱它的支配。

果实行走，草会自豪，
尽管那俊美香甜的果实最终会被人摘走，
犹如雏鹰最终要离巢高飞，
犹如女儿最终要高蹈嫁人，
犹如河流最终要归入大海，
犹如生命最终要归于寂灭。

这是自然的律例，伟大和奥妙恰在这里。

选自《飞天》2012年第3期

不要站在月亮上

我不要你看丰满的乳房，
我裸露，只为自己快乐。
生命的成熟需要一个过程，
那太漫长，一如血液变成乳汁，
要割舍许多美丽和纯真，
要牺牲处子的钻石梦幻和鲜红令箭。

我给你看我的憔悴，
你不愿看，就请走远，
从我的视线消失。
也不要站在月亮上，
让我晚上睡不着；
也不要站在草叶上，
以免被秋霜杀害，随落叶腐烂；
也不要躲在我的身后，
以免我渡到河的那边，把船毁了，
而你还在等着船票。

看我的眼睛吧，
那里有我的路径，
只要你在意，
打开我心灵的钥匙，
就藏在路边那棵含苞的花叶下。

选自《黄河文学》2013年第7期

【评析】

敏彦文的诗构思巧妙，诗人的情思以独特的视角和语言呈现出来的时候，一首诗也就成功了。

风、雨、露、阳光、花朵、果实与草，它们之间的感应和联系就是自然的律令。《在草尖行走的六种方式》一诗将这种自然律令比作在草尖行走的六种方式：风在草尖走过，草摇摆的方向就是风的方向，而风过草叶上沙土的留痕显示着风的清浊，清风当然是草最爱的抚摸。雨在草间行走，它的滋润就像敲打，因为草的姿态是在雨中颤抖。可是你会看到，在雨中草却长高了，就像英雄挺起了腰杆。其实，如果世间万物不经击打和磨练，就不会有勇气去成长。露在草尖行走，草小心地呵护着它，担心它掉下来摔碎，因为草想成全露短暂的生命里被阳光照射的梦想。正因为草这样的善良，露珠也成了神性的珍珠项链，装扮了草的美丽。阳光行走在草尖，哺育着草成长，草于是饱满地铺满了大地。反过来，草又喂养着牛羊，也哺育着人类。花朵在草尖上行走，是给草佩戴的荣誉。卑微的小草也需要恩奖，它意味着生命更新、成长、美丽和壮阔。果实在草尖上行走，那是草的自豪。天地万物是一个整体，生命经历风吹雨打、阳光雨露，开出了绚丽的花，结出了丰硕的果，这是自然的律令，也是人生的真意。这首诗构思巧妙，令人有眼前一亮之感。

《不要站在月亮上》同样体现了巧妙的构思。诗人借用一位女子对追求者说话的口吻，表达人与人的交往需要来自内心的理解和相知，而不是表面的追逐。

【扩展性阅读书（篇）目】

敏彦文：《相知的鸟》（诗集），内蒙古人民出版社2008年版。

李继宗的诗

【作者简介】

　　李继宗（1968—），回族，甘肃张家川县人，入选第二届"甘肃诗歌八骏"。诗歌散见于《诗刊》《人民文学》《芳草》《山花》《汉诗》等刊物，入选《中国年度优秀诗歌》《年度中国诗歌精选》《中国诗歌年选》等选本，获甘肃省第五届少数民族文学奖，甘肃省第三届、第五届黄河文学奖等。著有诗集《场院周围》等。

其实我已经老了

我老得让门前的那棵小树替我掉叶子
我老得掉了一层土又掉了一层土
看到这些土
我就知道，过去胸膛上给你预留的篝火快要熄灭了
手臂上给你预留的力量快要离开了
及至双眼，开始看什么都是缓慢的
飘忽不定的

其实我已经很老了
及至这后来的一小段时光
我只是继续让门前的那棵小树替我掉下最后一片叶子
世易时移处
我之所以说你不来，我不敢老去
是没人的时候

我非常渺茫地希望，你也在这么想

选自《文苑（经典美文）》2013年第5期

留守

我就一直留守在场院，哪里也不去，为此
树上的斑鸠，可以一天、一月、一年
都不搭理我，或者时刻拼命挖苦我
我也不去，蒿草上的风
可以很长时间都不吹来我习惯了的草香
或者声声断断，长时间吹来远方的忧伤
我也不去，还有遗忘
即使把我像落日一样送下山梁
我还是要干净整洁地留在场院
于百思难解中，回顾此生的追悔
而没有人，能理解这晚来的阴郁和幸福

选自《飞天》2014年第8期

你的名字

我叫你三妮子，孩子他娘，你说嗯
你在场院的那一头说嗯
斜阳的半边脸露在云层里
微风不知今夕是何年
我们坐在旁边太久的一张石桌
我们剩下的半生
一点也不惊讶，为着你的名字
它们听我叫了几十年

由最初你听到欲说嗯时的娇羞
到如今你仍然顺声说嗯时的侧脸
望我，哦，几十年
夜色从窗台上把我们的身影抹去
没有你的名字
场院的角角落落
将会一直凹陷，将会一直空着

【评析】

李继宗应该是一位古典型的诗人。他的诗中，情感的表达不是沸沸扬扬的宣泄与嚎叫，而是以清新自然的语言、亲切的意象作为载体，寄托情思，诗歌有含蓄蕴藉的空灵之美。李继宗的诗大多"清歌"长吟，皆"一往深情"，有中国传统古典诗歌的韵味。

《其实我已经老了》是一首情诗，本来"你不来，我不老"这样的句子很常见。只是这首诗却有所出新，超出了类似文字的内涵，是目前所见最美的阐释。这首诗营造了三重诗境：第一重写相思苦痛。一生的等待，已经年迈体衰，内心燃烧的火焰即将熄灭，臂弯拥抱的力量即将消失。然而"我"不言老，只因君犹未到。此为第一境。如果诗人停留于对漫长等待中的苦痛和形容枯槁的抒发，诗歌也不过是泛泛之作。诗人却说"我"老得"让门前的那棵小树替我掉下最后一片叶子"。于是，"树犹如此，人何以堪"，无情草木，有情人生，痛彻了心肺。这是诗歌的第二重诗境。再读，诗人于婉转低徊之中，絮絮而语："我之所以说你不来，我不敢老去"是希望"你也在这么想"，是"只愿君心似我心，定不负相思意"的第三重诗境了，殷殷深情于此添了悲凉之味，也让诗有了一唱三叹之美。

《留守》一诗在看似平静而清新的语言之下，深情热爱和依依坚守动人心扉。在这个充满诱惑的世界里，无数的人们将梦想寄托于远方，去远行。诗人却留守在自己的"场院"里，就算被周围的人讥笑一如树上斑鸠的嘶鸣，就算周围的环境已经荒芜，连风都吹不来"草的青味"。就算那远方有无数的诱惑，偶尔会撩拨起诗人的忧伤，就像世界将诗人遗忘一如那落日的隐没。诗人仍然决定一生留守在自己的场院，坚守着那不被理解的属于自己的阴郁和幸福。这首诗中，对场院的留守是对纯朴自然的乡土生活的依恋。其实，它还可以说是自我生活方式和心灵净土的坚守。

《你的名字》把几十年夫妻的深厚感情，用家庭生活的细节娓娓诉说。喊"你的名字"，你的"嗯"的应答，是一个中国传统家庭典型的情感表达方式。诗人还细腻地写到妻子从最初的欲"嗯"还"羞"到中年时的自然应答，刻画时光流逝里爱不变、情更浓的沉淀。而场院、石桌、窗台、夜色等生活环境的描写赋予诗歌浓厚的生活感，非常亲切和谐。这首诗含蓄委婉、生动自然地写出了中国传统家庭生活里夫妻相依相偎的深情，有中国传统诗学温柔敦厚之美。

【扩展性阅读书（篇）目】

李继宗：《场院周围》（诗集），甘肃人民美术出版社2007年版。

于贵锋的诗

【作者简介】
　　于贵锋（1968—），甘肃天水人，入选第二届甘肃省"诗歌八骏"。有大量诗文发表并入选相关选本，著有诗集《深处的盐》《雪根》二部。曾获甘肃省黄河文学奖诗歌一等奖等奖项。

你是另一个误解春风的人

恰如其分是一种美
春初根芽
白从土里露出一点点
绿又怕冷的样子
多好

把雪扫到两边
露出一条路
多好
上山，下山

适得其所多好
深山
石头和木头
顶着房子

你长得太快了

草在心里长得太快了
农药和工业
在春天长得太快了

选自《读诗》2014年第2期

梨花

等不到绿叶相陪梨花就开了
妖艳。肥硕。如裸。

枯竭之物挤在墙根。尾气。
拆一半的建筑。商铺尘土紧闭。

再次经过，我依旧念叨：
妖艳。肥硕。如裸。

但不是这样的生活
开了的梨花找不到对应的生活

几个人在下棋，围成一圈
阳光下，几个人在分输赢
梨花在他们的不远处开了
我不能说梨花就是他们的生活

梨花也不是我的生活。
开肯定不是。土圪垯被阳光照得刺目。
落也不是
梨花落在，一堆能踢碎的土上

不远处还有一条河。河青青。柳青青。

随流水去

这也不是它的生活

它没有翅膀,它飞不到那里

选自《中国诗人》2015年第3期

礼物

走到一条路的尽头,往往我抬头看看天空

然后转身,偏离,或继续

从路的尽头走出路来。我对向我问路的那个人说

在路的尽头,我看见了星星:

天空是否真的赐了我这样的礼物

我都说我看见了星星,而且内心还有它

尚未散去的灰烬。有时,在茫茫人群,或拥挤的

一大群影子中,我再次遇到那个人,他说我

是一个说谎者,证据就是我走到哪里,哪里就有一股

悲伤的、灰暗的水汽。我笑了笑,对向我问路的每一个人

继续说我看见了一颗星星。涉过河流,翻过山岭

我不知道,离那颗星星是近了,还是远了。

但我知道,那颗星星一直在我心里

它没有舍弃我,正如我创造了它。在一起穿行

我和它就不再各自孤独,不再各自举一张茫然的脸

选自《江湖》2015年第2期

【评析】

于贵锋的诗是现代主义诗歌。他的诗中的"思"和痛,以冷峻、幽深、批判、坚守、象征等的手法进行表达,深得现代主义诗歌的要旨。

《你是另一个误解春风的人》中，你是谁？春风要做什么？而你又误解了什么？草尖的嫩芽在春寒中萌动，你打扫春雪覆盖的道路，和着春风的节奏走向春天，上山，下山，深山、房子、木头，你走过的都适得其所，你便是你了。然而，你为什么这么着急？用农药催长草，用工业把自然的节奏改变，一切都那么快。春风意味生长，但成长是一个过程，在自然律令中适得其所多好，你却比春风生长得更快。这真是误解春风了。这首诗表面上是清晰的，但它提供的解释不尽如此，在某种更深的意义上，整首诗形成了系统的隐喻。笔者觉得它写出了现代社会急功近利、匆忙浮躁的"加速度"特征，写出了我们这个时代的本质。

《梨花》一诗中，梨花的盛开与周围的一切格格不入，但又离不开周围的生活环境。诗人赋予梨花以娇艳、肥硕、如裸的形象，打破了古典诗歌中梨花纯白美丽的意象，再辅之以挤在墙根的枯竭之物、尾气、拆一半的建筑、尘土中紧闭的商铺、几个下棋的俗人、土疙瘩组成的周围环境，符合现代诗歌经常将生活粗鄙化的写作倾向。结尾一段以古典的美感画面与全诗形成对照，给梨花蒙上了悲剧感——它努力的盛开与诱惑，都不足以跨越粗鄙的环境进入另一种优雅的生活。而这是否也意味着两个境遇、不用阶层、不同人生之间的鸿沟呢？

《礼物》一诗深得象征主义诗歌的精髓："路的尽头走出另一条路来"，象征人生不屈不挠的探索；星星是永不磨灭的热情、勇气、希望、抑或理想的象征，它是诗人走到路的尽头时候天空馈赠的礼物；于此，天空就成了一个人的胸怀和格局的象征。人有了天空般的胸襟，才会"那颗星星一直在我心里"，"涉过河流，翻过山岭"。就算这样的人生征途有着"悲伤、灰暗的水汽"，但不再孤独无力。那问路的人不能创造自我心中的星星，所以他说别人说谎，他不明白礼物"星星"是自己对自己的奖赏。这首诗将"意象化抒情"和"事件化抒情"完美地结合在一起，不仅以白描的手法直接制造了一种场景感，同时将每一个场景和叙述赋予象征意蕴，形成意象，使诗歌有了深刻的思想内容。

 诗学现场

【扩展性阅读书（篇）目】

于贵锋：《深处的盐》（诗集），新疆美术摄影出版社2007年版。

妥清德的诗

> 妥清德（1968—），裕固族，甘肃酒泉人。中国作家协会会员。在《中国作家》《诗刊》《民族文学》《中国文学》（英、法文版）《北京文学》等刊物发表诗歌、散文。获甘肃省少数民族文学创作铜奔马奖、第十一届全国少数民族文学创作骏马奖等。出版诗集《风中捡拾的草叶与月光》。

静坐的风

我想起北方，树挂和飞累的雪
戴着黄帽修补国道的人
像勘测后重新被遗弃的弯路
被我们抛在不同的里程上
不断的，群山以欢迎的姿势
把我们装进更加寂静的石缝

蓦地，有满载羊皮的卡车迎面而过
我们被高原的膻味所传染
常常从酣眠中突然惊醒
却无法辨认到了什么地方
没有路标和内地发绿的村庄
没有水洼
我们用手掐住饮料的脖子

山坡上不规则的城

带着大漠的辫子接受吹拂

野花虽小，但它的颜色比岁月还深

出没于无边的空旷中

像疏勒河波涛上的黎明

马群干旱的蹄子

白天踩在燥热的沙丘

夜晚向月色靠近

原载《星星诗刊》1996年第12期

高原，一座槐花的城

我只能在善良的内心中想象

故乡的草场如何借着风势

疼痛地拔节和抽穗

白云，高原的城市

屋脊上的兽在瘦骨中奔驰

鬃毛在空气中飘扬

绿色的水滴挂满枝头

我被城市缝隙中独特的鸟鸣所啼唤

就像我在这里发出的声音

狭窄而阴暗

五月的夏夜

谁在那遥远的往事中为我哭泣

我却不能用自己去安慰她

清晨，槐花开了

更加明亮的一天就这样出现

我还没有收藏好黑夜中悲伤的心脏

槐花开了
使一座城市更加相思

原载《星星诗刊》1996年第12期

春天，雪花与雨水同在

一地谷穗的童话。在北方门前
带着水气的裕固族孩子
像透明的种子
经营牧场，在风中
填写歌词
用身体蘸着小水滴

太阳出来
燃烧的民族村庄
如贪恋口红的少女
我内心的羊群
走在刚刚醒来的爱情旁边

以春天为轴承
草场向天边转着车轮
一部久未移动的马鞍
禁不住发了芽

雨水和雪花约会
有十圈羊
也换不回一个春天

原载《民族文学》2007年第11期

【评析】

妥清德的诗写西部高原，很少以硬笔携烈烈西风刻画大漠边关，更多的是以疏淡的笔墨勾勒，淡淡的苍茫里有柔情清新，并以新鲜的想象，将习见的景物以陌生化的方式呈现，而且贴切自然。更有那优美典雅的语言形成了诗美。

《静坐的风》一诗中，静坐的诗人思绪如风。前两节用动感的语词，和着诗人的意识流，流动着勾勒北方旅程中的风景：树挂、飞雪、戴黄帽的修路工人，在疾驶的车轮里，掠过弯道掠过群山，驶向远处，驶向岩石矗立静默的更远的寂静，掠过的群山奔跑着仿若欢迎的姿态。忽然遇见载满羊群的车辆于风中飘散着膻味，旅途酣睡中醒来，放眼高原苍茫，没有路标、没有水洼和村庄，饮水——"我们用手掐住饮料的脖子"。第三节则相对以静的拓宽感的视角，精心描摹高原大漠的景物，"山坡上不规则的城/带着大漠的辫子接受吹拂"这两句来形象地喻指山坡上城与它衔接的小路，非常形象巧妙。而对野花和马群蹄子脚印的联想，则扩展了诗歌想象和回味空间。整首诗动静结合，前两节的速度感，动感，后一节的静态弥漫感，想象空间的拓展感，有思随心动之妙。原因是这非常符合人的意识先以流动然后沉潜回味的自然状态。诗歌名字《静默的风》也是意味深长，"风"——思绪在流动亦在沉思。

《高原，一座槐花的城》抒发疼痛的乡愁，细腻含蓄。诗人第一节写故乡草场在拔节和抽穗，而这却是善良的心疼痛的想象，奠定了诗歌田园已荒芜的忧伤基调。第二节选取城市里房屋屋脊的脊兽和鸟鸣两个意象，实写城市生活的僵硬。奔跑的兽有着的不过是瘦骨，而且是在一座座的屋脊之上，将鬃毛飘扬于空气中。鸟儿鸣叫于城市的缝隙，和"我"一样，发出狭窄而阴暗的声音。这一节是对城市的实写，但在实写之下却蕴含着一个对比性的联想空间，那就是：故乡草原上奔跑着雄壮的野兽，将鬃毛飘扬在山川田野间；故乡原野上的鸟鸣呢，该是多么婉转而明亮啊。由此让人想起生命的自在状态和生命灵性的舒张。诗的第三节，诗人抒发内心的悲伤，遥远的往事里寄托的何尝不是精神家园，而"我"已经不能回归和抚慰。暗夜里的伤痛也是对人的有限性和孤单感的悲伤，这是自己也不能抚慰自己的惆怅。而清晨，槐花开满了城市，惹起的是更深的相思，诗歌由此而弥添深情。这首诗的缠绵婉转和细腻含蓄之美值得赞赏。

《春天，雪花与雨水同在》一诗的令人叹赏之处在于写春天的裕固族生活，有着清新自然之美。孩子"像透明的种子"，"用身体蘸着小水滴""填写歌词"这样的句子，将春天牧场滋润、生意葱茏和孩子的清纯天真中生命勃发的感觉融为一体，合着春天的节律带着淡淡的喜悦，有出神入化之感。"太阳出来"，村庄"如贪恋口红的少女"则又鲜活地写出了艳阳高照赋予村庄的热烈感。而诗人则在这样美好的生活里，心也如那"向天边转着车轮"的春天，萌动、辽阔、热爱，都在春天里。这是一首有神韵的诗。原本"神韵"这个词更多地用于人物画的品评，但这首诗用新鲜自然又朴素的语言，让人感受到春天的神韵，也描绘出一个和谐安静的裕固族牧场和村庄在春天里的神韵。

【扩展性阅读书（篇）目】

妥清德：《风中捡拾的草叶与月光》，民族出版社2012年版。

马萧萧的诗

【作者简介】
　　马萧萧（1970—），湖南隆回县人，1989年3月特招入伍。现任兰州军区《西北军事文学》主编，中国作家协会会员，入选第一届"甘肃诗歌八骏"。13岁开始发表作品，出版诗集《少年诗人马萧萧作品》《马萧萧军旅诗选》，长诗《中国地名手记》，散文随笔集《谢谢你的美丽》，长篇纪实文学《红色婚姻档案》等文学作品十余部。曾获首届中国十大校园诗人奖、首届中国十佳军旅诗人奖、甘肃省黄河文学奖、《飞天》十年文学奖等。创作现代水墨作品百余幅，多次参展并出版画册。

春消息

高矮参差的峰峦，一天天发肥
你挤着我呵我挤着你
欢快的小溪，是挤出的汗水
草丛，支棱起一万只菌子的耳朵
听小鸟用乡音报道着
我家竹篱外一棵笋芽冒着热汗猛长的消息……

乡恋

似绿禾，疯长在孳生金秋的田野
似卵石，杂陈在潺潺淌泻的村溪

似青藤，攀缘在柴烟熏黑的木格窗上
似溪水，涌动在长满童话的深山沟里
明灭着，一如眼前这沉浮于夜色的萤火
今宵梦里，该又会增添一只只神往的翅翼
月牙哟　真怕你割断我这绵长的乡恋
只盼你是一叶轻舟，载来家乡的笑意

中国地名手记（长诗选三首）

呼伦贝尔
天也苍苍
野亦茫茫
牛羊肥壮
马尾高扬
风似酥掌
云如白糖
可我咋遇不上
半只狼
一场不遇情敌的爱
白爱一场

兰州早餐
把兰州的面子给拉得够大的

兰州拉面。本地人叫它
牛肉面

牛得很哩———

兰州的一个个上午
是它给喂大的
兰州人节节向上的生活
是它拉呀拉呀
拉扯大的

物质的牛肉面
精神的黄河水
无疑是兰州的
左脸和右脸

省会，省去再多的东西
也省不了这顿早餐
这份脸面

若尔盖

让我成为空心人。让我
把身体里那些看不见的
胀痛，都赶出来，赶出来放牧
让它们还原为我看得见也摸得着的
星云、大地、海子……

选自《马萧萧的诗》（诗集），甘肃文化出版社2014年版

【评析】

　　马萧萧的诗诗中有景，景中生情，清丽隽永，属于南方的诗。这与西部诗人们的苍凉有明显的区别。

　　《春消息》用孩子的眼睛描绘了一个童话。山峦"发肥"，重峦叠嶂是它们嬉闹着挤来挤去，欢快的小溪是汗水，草丛里的菌子是大地的耳朵，小鸟则用乡音报道着家乡春天的消息——家门前竹篱边的春笋冒着热汗拔尖了。春天，大地上的苏醒和生长就这样被诗人拟人化了。这

样的诗让人想起李贽的"童心说","诗心即童心"。本来写春天万物生长的诗很多,但这首诗以它新鲜独特的想象和明净的画面令人耳目一新,难能可贵的还有高度形象化的诗歌语言。

《乡恋》将无形的恋乡情绪形象化为具象的意象,绿禾、卵石、青藤、溪水、萤火这些意象的共同特色是都与乡村有关,诗人围绕这几个意象渲染出一幅幅美丽的乡村画面,以深情的乡恋情绪把它们组合起来。然后,将梦里梦外绵长的乡恋情思寄情于月,然因月不圆,故别出心裁希望月牙儿化作轻舟,载来家乡的笑意。整首诗清新自然,美轮美奂,又情意殷殷。

《中国地名手记》是一部词典体的诗歌,诗人将自己对中国大地的歌吟,按照地名首字母排序的方式组合在一起,看起来是一部长诗,但每首诗实际上又是可以独立的单首诗歌。从此处所选的《呼伦贝尔》《兰州早餐》和《若尔盖》三首诗可以看出,诗歌既保持了洗练隽永的特色,也多了一层哲思。《呼伦贝尔》前几句写草原的辽阔苍茫与柔和之美,诗人对此竟有"没遇上半只狼"的遗憾,由此抒发人生的况味:一场不遇情敌的爱,白爱一场。可能所有的爱因不完整因痛楚才更加刻骨铭心。《兰州早餐》以兰州牛肉拉面呈现一个城市的风貌和精神气质,非常传神地将地域文化典型化了。《若尔盖》一诗,诗人置身于若尔盖草原,将自己的思想放牧,把心中的俗累回归为星云、大地、海子……只有在此刻,自然的风物穿透日常的存在,不再在主体对客体进行"审美的"观照中,而是在将自身整个儿融入自然的主客一体的时候,生命才如此单纯和本真。由于以大文化历史之思为主的地理历史类诗歌写作有泛滥之态,《中国地名手记》清新隽永而显独特,词典体的形式则对诗歌体裁有探索性的意义。

【扩展性阅读书(篇)目】

马萧萧:《马萧萧的诗》(诗集),甘肃文化出版社2014年版。

包苞的诗

> **【作者简介】**
> 　　包苞（1971— ），原名马包强，甘肃礼县人，中国作家协会会员。2007年参加《诗刊》第23届"青春诗会"，入选第二届"甘肃诗歌八骏"。有大量诗歌、散文发表。出版诗集《有一只鸟的名字叫火》《汗水在金子上歌唱》《田野上的枝形烛台》《低处的光阴》《我喜欢的路上没有人》五部。曾获甘肃省黄河文学奖等奖项。

赶集

当那些粗糙的面孔从大地上突显出来
太阳正把空中的尘埃照亮
浮雕一样的皱纹，浮雕一样的笑
远远看来，真把他们难以和大地分开
只有他们走动，从四面八方的村落
走向这唯一的集市，我感到阳光
正通过大地的毛细血管向心脏汇聚

选自《诗选刊》2005年第2期

一定，是有些心动

一定，是有些心动，这个夜晚才不停地晃

年轻的月亮，貌美如刀
爱她，我就是无边的黑夜
梦幻染蓝的天空
被几颗星星钉在眼睛的深处
钻石的钉子，尖锐的疼痛
成全一个幸福的瞎子

一定，是有些心动，这个夜晚才不停地晃
选自《诗刊》（上半月刊）2007年12月号"青春诗会"专号

雨后

山，青在无语中
水，凉在微吟上
沿着青草的悬梯
白雾印染着清凉

一条山路的柔肠
由崎岖，走到了空茫
湿漉漉的牵牛花
把一生的无望，别在篱笆上
选自《星星》（上旬刊）2013年6月

【评析】

包苞贴近现实的诗富有生活气息，风格沉郁。那些近于小令般的诗歌，用词考究，意境优美。

《赶集》以西方油画式的技法写乡村大地赶集的生活画面。诗用"粗糙的面孔从大地上突显出来"状貌集市的人群，也是一幅画面的聚焦点。"浮雕一样的皱纹，浮雕一样的笑"勾画人物线条，描写了沧桑而心怀期盼去赶集的人们的面部表情；以"远远看来，真把他们难以和大地分开"涂染出画面灰色的色调布局；太阳光线投射在大地和沧桑面部的描绘，则点亮了整幅画面。这样，就形成了一幅油画。关于诗和画的关系，诗常常用语言勾勒出画面，这是诗与画相通之处。诗与画不同的是，画捕捉的图景，难以表达流动的思绪，尽管画面常常让人浮想联翩，诗却可以营造一幅又一幅的流动画面，并且画面具有活动的动作感。也就是莱辛在《拉奥孔》中的结论：雕刻、绘画之类造型艺术用线条、颜色去描绘各部分在空间中并列的物体，不宜于叙述动作；诗歌（推广一点来说，文学）用语言去叙述各部分在时间上先后承续的动作，不宜于描绘静物。而且，诗歌也常常比画能更明确地说出诗人的"情"和"思"。《赶集》一诗在前半部分完成了油画画面的勾画之后，后几句"只有他们走动，从四面八方的村落/走向这唯一的集市"就是体现了诗歌本身的"动作"感，它使画面活起来，也写出集市聚散的特点，极尽简约。"我感到阳光/正通过大地的毛细血管向心脏汇聚"，是"我"置身集市时对阳光的感受，也可以理解为集市就是一个汇聚众人的心脏，正是这些父老乡亲是广袤大地活着的血脉。这表现了对人与大地的关系的形象思考，包含着诗人对乡村农人的悲悯和感恩。

《一定，是有些心动》写一种爱和痛交织的爱情体验，细腻敏感地把握住了恋爱的脉搏和情绪。确实，情之所至往往是爱与痛的交织，情到深处常有悲伤意。诗人将这样的情绪全部组织在一个夜晚的所见所感中，新月如恋人的美貌又如刀，"爱她，我就是无边的黑夜"、璀璨的星星成了"钻石的钉子""钉在眼睛的深处"。这些联想，将爱恋和伤痛投射在物象上，加以形象化并营造了触物生情的画面感，写出了爱情中的人儿痴迷、伤痛又幸福的情绪。而夜晚的"晃"是"心动"引起的通感，是诗人动心爱恋的情绪在激荡。

《雨后》无微言大义，但清新怡人，把山青水凉的情致和诗人雨中感受的苍茫表现得生动透彻，使人有身临其境之感。"山，青在无语中/水，凉在微吟上"，用词别致，情景交融；"沿着青草的悬梯/白雾印染着清凉"，意象独特，营造的是有我之境。"一条山路的柔肠/由崎岖，走到了空茫/湿漉漉的牵牛花/把一生的无望，别在篱笆上"，拓展了视野,也打开了心理空间,其中的"柔肠""空茫""无望"表现心理的抽象词汇,与"山路""崎岖""湿漉漉""牵牛花"和"篱笆"的具体物象交融互渗,恰到好处,诗意悠悠,韵味无穷。

【扩展性阅读书(篇)目】

包苞:《低处的光阴》,新疆美术摄影出版社2012年版。

扎西才让的诗

【作者简介】

扎西才让（1972—），藏族，甘肃甘南人，中国少数民族作家学会会员，入选第二届"甘肃诗歌八骏"。发表大量文学作品，诗作入选多部诗歌选本。出版散文诗集《七扇门——扎西才让散文诗选》《六个人的青藏》（合著），诗集《七扇门——扎西才让诗歌精选》《大夏河畔》和小说集一部。曾获诗神杯全国诗歌奖、甘肃省敦煌文艺奖、甘肃省少数民族文学创作奖、中国红高粱诗歌奖等多种奖项。

格桑盛开的村庄
——献给少女卓玛

格桑盛开在这村庄
被藏语问候的村庄，是我昼夜的归宿
怀抱羔羊的卓玛呀
有着日月两个乳房，是我邂逅的姑娘

春天高高在上
村庄的上面飘舞着白云的翅膀
黑夜里我亲了卓玛的手
少女卓玛呀！你是我初嫁的新娘

道路上我远离格桑盛开的村庄
远离黑而秀美的少女卓玛

眼含忧伤的姑娘呀
睡在格桑中央,是我一生的故乡

选自《诗神》1993年第7~8期

哑冬

哑的村庄,哑的荒凉大道
之后就能看见哑的人

我们坐在牛车上
要经过桑多河

赶车的老人
他浑浊之眼里暗藏着风雪

河谷里的水早已停止流动
它拒绝讲述荣辱往昔

雪飘起来了,寒冷促使我们
越来越快地趋向沉默

仿佛桑多河谷
趋向巨大的宁静

选自《诗刊》1999年第5期

桑多河:四季

桑多镇的南边,是桑多河……

在春天，桑多河安静地舔食着河岸，
我们安静地舔舐着自己的嘴唇，是群试图求偶的豹子。

在秋天，桑多河摧枯拉朽，暴怒地卷走一切，
我们在愤怒中捶打自己的老婆和儿女，像极了历代的暴君。

冬天到了，桑多河冷冰冰的，停止了思考，
我们也冷冰冰的，面对身边的世界，充满敌意。

只有在夏天，我们跟桑多河一样喧哗，热情，浑身充满力量。
也只有在夏天，我们才不愿离开热气腾腾的桑多镇，

在这里逗留，喟叹，男欢女爱，埋葬易逝的青春。

选自《诗刊》（上半月刊）2015年5月

【评析】

  扎西才让的诗有着藏族诗人对自然和社会的特殊感悟及表达方式，民族情结和审美特性跃然纸上。

  "格桑花"与"卓玛"，是最容易引发人们对藏族地区美好事物联想的花名与人名，也是读者已知的联想物和原型意象。一首《格桑盛开的村庄——献给少女卓玛》，将二者联系在一起抒情，既赞美故乡美，又寄托相思情；赞美格桑花和卓玛，即是讴歌整个藏族和藏区，构思巧妙。"格桑盛开在这村庄"既是村庄花开的美景，也是少女卓玛的比喻和象征，因为有了这美丽幸福的花朵赋予诗人的情愫，她才是"我昼夜的归宿"。"被藏语问候的村庄"中蕴含着对乡音的亲切感和民族归属感，表达方式机趣且睿智。"怀抱羔羊的卓玛"是一个关于美丽勤劳的藏族姑娘的熟悉意象，而"有着日月两个乳房"一句，极尽对卓玛"身体"的赞美，又寄托了神圣的"精神"向往。所以诗人说"道路上我远离格桑盛开的村庄"和"睡在格桑中央，是我一生的故乡"，将诗意推向高潮，以少女卓玛为情感的载体，抒发对家乡的永恒挚爱和故乡永远

在身边的情怀。

《哑冬》写雪天的宁静与沉默，短小精悍，意境高远。一个"哑"字，境界全出，极具形象性，也很有感染力，借声息表现景象，获得通感之美。"哑"的村庄、大道和哑的人，描画出的是冬日寂静的河谷。接下来一句老人"浑浊之眼里暗藏着风雪"，却在视角的转换中造就奇崛的诗意；"河谷里的水早已停止流动/它拒绝讲述荣辱往昔"，将河谷拟人化，将自然"人化"，用"拒绝讲述"表达"河谷趋向巨大的宁静"，再次营造出"哑冬"的意境。

扎西才让对大自然的变化非常敏感，从《桑多河：四季》《哑冬》都体味到他与自然的亲密，而聆听大自然的声音正是为诗者的诗心。在《桑多河：四季》中，当诗人将桑多河与人紧密联系在一起，河流的特征与人的行为之间形成互动与呼应的时候，桑多河与桑多河的人们一起形成了一条让我们沉思人类生活的生活之河。

【扩展性阅读书（篇）目】

扎西才让：《七扇门——扎西才让散文诗选》（散文诗集），大众文艺出版社2010年版。

扎西才让：《大夏河畔》，作家出版社2016年版。

郭晓琦的诗

【作者简介】

　　郭晓琦（1973—），甘肃镇原人。现居兰州。中国作家协会会员。鲁迅文学院第十五届中青年作家高研班（青年作家班）学员，2008年参加诗刊社第24届"青春诗会"，入选第二届"甘肃诗歌八骏"。在全国多家文学刊物发表大量诗歌及随笔作品，作品入选《中国年度诗歌》《中国诗歌精选》《新世纪5年诗选》《华文青年诗人奖获奖作品》等多种选本。曾获《诗刊》《作品》等刊物全国诗歌大赛奖、第十届华文青年诗人奖、甘肃省敦煌文艺奖、甘肃省黄河文学奖等奖项。诗集《穿过黑夜的马灯》入选"21世纪文学之星丛书"。

靠着墙蹲下

靠着墙蹲下。靠着父亲旁边蹲下
午后的阳光斜插过来
针扎一样，疼

伸过墙头的树枝上，依偎着两片叶子
一片枯黄，翻卷
另一片青绿，泛着光——

其实，父亲并没有注意这尘埃里抖索的
两片树叶
因为我蹲在他身边

他看上去很欢喜
嘴唇动了一下，想要说什么，还没开口
就猛烈的咳嗽。这时候
风有些猛
我感觉墙在晃动，这堵倦怠的土墙
似乎也要靠着我们
蹲下——

原载《诗刊》（下半月刊）2012年第7期

好多人陆续回到了村庄

就像这刺骨的北风吹散了又旋回来的叶子
好多人回到了村庄
好多去了北京、南京，去了上海、广州的人
挣了钱的人，没挣到钱的人
伤了筋骨的人，怀有疾病的人
心里装着一座山，一汪水，一棵草的人
身上背着铺盖卷、姓氏和故乡的人
他们挤火车、转汽车、搭拖拉机、骑摩托车
急匆匆地回到了村庄——

时光老得真快啊！一年。一年只不过是
被汗水浸泡的发黄的一页纸
哗啦一声，就要翻过去。哗啦哗啦的声响
追赶着他们回到了村庄
在车站、集市、乡村土路或者村口相遇
他们粗大的手
使劲捏在一起，高喉咙大嗓子地打招呼、递烟
皱巴巴的脸上挂起了几缕阳光

好多人回到了村庄,就有好多流浪的钥匙
找到了属于自己的那把
锈蚀的锁
就有好多漂泊在城市旮旯里的炊烟
找到了属于自己的那筒
孤单的烟囱
就有好多走失在出租屋、工棚、桥洞、候车室的鼾声
找到了属于自己的那盘
暖烘烘的土炕

好多人回到了村庄,好多浪迹天涯的云
回到了蓝蓝的天空
好多奔波他乡的风
回到了草木萧瑟的田埂
好多拥挤在钢筋混泥土森林里的乡音
回到了潦草的庭院
好多徘徊在霓虹灯下的一小片一小片失眠的月光
回到了贴花的木格子窗口

好多孩子,兴奋地奔跑起来
好多老人,脸色红润起来
好多鸡,跳上墙头打鸣
好多狗,围着大门撒欢
好多水桶,哐啷一声推开黎明的柴门
好多灯盏,照亮黄昏的屋檐
好多锈了的农具,重新又打磨了一遍
好多倒了的柴垛,再一次被扶了起来

就像这刺骨的北风吹散了又旋回来的叶子

好多人回到了村庄。好多村庄兜出了生活的声响——
原载《诗刊》（下半月刊）2012年第7期

一个瞎子的美好春天

春天，一个瞎子
似乎比一棵青草更加激动
比一条溪流更加兴奋
比一阵柔和的小南风，更加迫不及待
一个瞎子，感觉浑身是劲
他手里的棍子
不停地敲打着亮光光的乡村土路

在村口、田埂或者河堤上
一个瞎子嚷嚷着。惊讶、莽撞
他的声音
甚至有些哆嗦——

桃花红了，梨花白了
一个瞎子爱上了春天琐碎的事物
沙尘、草屑、慌乱的雨滴
拱破地皮的嫩草
分蘖的麦苗，抽绿的杨柳
一个瞎子，他感觉到他的老骨头
也有了拔节的声响——
他感觉到，有一条刚刚睡醒的河流
盲目、冲动
在他的身体里横冲直撞——

整个春天，一个瞎子喋喋不休

他指着头顶，对靠在墙根的几个老伙计

大声嚷嚷：你们看看，看看

这春天的天空，蓝得多像天空——

原载《诗刊》（下半月刊）2015年第4期

【评析】

郭晓琦将习见的生活赋予了诗美。雪莱说："诗揭开帷幕，露出世界所隐藏的美。"（雪莱：《诗辩》）对生活中的美进行发现、开掘、提炼和显示，这正是诗人的事业。诗人就是在常人不曾察觉到美的地方，捕捉到一种属于诗的意味——诗美。这也许只是一个堪为回味的画面，一种忧伤，一次感动，一种疼痛甚至一种愤慨，诗人用诗歌的语言组织和表达的时候，就成为诗美。

《靠着墙蹲下》一诗中，父亲和"我"靠着墙蹲下，有着父子天伦之情无言的欢喜，但这只是尘世里的一重意味。在这个午后，阳光照射的感觉竟然是"疼"。疼什么呢？看，身后有两片叶子——枯黄的和青绿的叶子，在风中抖索的叶子，枯黄的那片仿若咳嗽着的父亲，青绿的是身旁年轻的儿子。两片叶子——父子二人在尘世中的剪影和象征。当将人生置身于巨大的尘世里的时候，身后的墙也似乎颤抖着要"蹲下"。读这首诗，心里确实有一种"疼"的感觉，是亲情、时光、尘世里的喟叹；是温暖与辛酸、脆弱与坚韧、怜惜与忧伤等交织在一起的百感交集的"疼"。

《好多人陆续回到了村庄》是密切联系当下重大的社会现实生活的作品，是一首具备了时代视野的好作品。诗歌有两组意象：一组是关于村庄的意象，描绘村庄因为好多人的回来而发出了生活的声响；另一组是关于城市的意象，组成了简陋、艰辛、漂泊的生活图景。这两组意象结合起来，概括性地描述了当代农民工的生活状态。但好的诗歌不仅仅是描述，它更多的是对人的生存的同情和忧思。就像这首诗，它有一个抒情重心：好多人回到了村庄才回到了属于自己的世界，一座座村庄因为他们的回来才有了喜悦、人间烟火的生活气息。诗歌将烟火喜悦渲染得越浓烈，越将心酸和同情酝酿得更饱满。让人为那荒芜了的村庄田园、留下的孤寂的老人和孩子，常年漂泊、生活艰辛的农民工流下同情的泪水。这首诗对现实生活有高度概括性，具有艺术地发现和照亮生活的意义。

《一个瞎子的美好春天》有点浪漫主义，在基于季节的气息与瞎子敏感的感知的契合中，采取了一种想象的表达。值得回味的是它以人与宇宙相对微妙的关系，烘托出生活的"庐山真面目"：美好并不取决于外在的感官，它常常是内心的向往和体验。这样的回味形成了诗歌的内美。诗歌的语言和造境则重于渲染，渲染的技巧不是顺延叠加，而是悖反衬托，显示了诗歌语言的创造性。比如瞎子指着头顶，"大声嚷嚷：你们看看，看看/这春天的天空，蓝得多像天空——"的诗句，它形成的是悖反效果，但一点也不感觉突兀，感觉这就是瞎子喜悦的情绪的一种情不自禁的表达方式。所以，明明颇具匠心的语言在这里却有了自然生成的感觉。

【扩展性阅读书（篇）目】

郭晓琦：《穿过黑夜的马灯》（诗集），作家出版社2011年版。

杏黄天的诗

【作者简介】

　　杏黄天（1973—），又名雅克，原名何瀚，甘肃西和人，在《人民文学》《诗刊》《诗神》《诗选刊》《诗歌报》《星星》《飞天》等文学刊物发表大量诗歌作品。曾多次获"诗神杯"新诗大赛奖及其他多种奖项。

偏头痛

爱上打洞的鼹鼠，只向一个方向一个平面挖
这不是他的错。是偏头痛
让鼹鼠总是觉得一边不够开阔

如果鼹鼠不是偏头痛而是腹痛
鼹鼠或许就会向下打洞，这样就有足够深
如果鼹鼠能够识别光谱，或许他根本就不会
打洞

但偏头痛总是让鼹鼠感觉自己的洞还离自己
不够远、不够黑、不够静

阿拉斯加鲑鱼

幼小的阿拉斯加鲑鱼从父母的尸体中游出来，自上游

去到大海。在阿拉斯加海域,他们长大
阿拉斯加不是鲑鱼的家。阿拉斯加是鲑鱼的一个梦
成年后,鲑鱼要溯游,回到出生的地方
他们游。他们累,但不能停止,直到那一跃完成
他们变色:嘴黄色、身子红色

还有一些成年鲑鱼没有回去:灰熊在途中等待他们

回到家的鲑鱼是强壮与幸运的鲑鱼:交欢、产卵、然后死去

一片肥沃的水域。养活了更多的植物、小狐狸、白头鹰
他们都以已死或奄奄一息的成年鲑鱼为食
当然也养活鲑鱼卵。他们将继续父辈的事业

以上选自《人民文学》2013年第7期

【评析】

　　杏黄天的诗有鲜明的个人风格,现代主义的诗歌意识和表达方法,让诗歌的辨识度非常高。欧阳江河说:"诗歌写作其实可以更具有一种宽广性,更具有一种深度。我们可以从现实中将大量不可能入诗的现象和元素纳入到诗歌中来,作为材料、对象、课题加以书写。诗歌不是回避这些东西的产物,而是拥抱这些东西的产物。所有非诗意的东西,诗歌可以对抗它们、融化它们,或者与它们形成互文。"[①]杏黄天的工业时代、异己者雅克、鼹鼠、减速机等,与我们固有的诗歌词语有巨大的差异。但告别了那些太像诗的优美的词语,反而形成了一种能对当代生活进行准确的、广阔的描述的诗,并唤起我们对现实的独特发现。具体到诗歌中,杏黄天的诗表面看起来是散漫的,实际上以"思"统领起全部的词语,形成诗歌的意味。

---

① 欧阳江河:《诗歌应对时代做更复杂的观照》,《文艺报》002版,2014年5月12日。

《偏头痛》一诗形成了一个隐喻。鼹鼠朝着一个方向打洞是出于本能，诗人将这种动物本能处理为鼹鼠患了"偏头痛"。于是，一个不具有诗意的东西变成了诗，因为它为人提供了独特的领悟：从鼹鼠"偏头痛"的行为中，我们发现的是人的现实，一种凭着本能生活而没有思想的人生，何尝不是鼹鼠？

　　《阿拉斯加的鲑鱼》描述了阿拉斯加鲑鱼的自然习性和生命轨迹。仍然是一个隐喻，阿拉斯加的鲑鱼是诗人为自己的要表达的情思找到的"客观对应物"，用它来避免了直接的叙述和说明，以旁敲侧击，依靠"客观对应物"引起丰富的暗示和联想。诗人说小鲑鱼将阿拉斯加作为梦想而游向此地，这是否在暗示人对理想的追寻？鲑鱼洄游回家的过程遭受灰熊的捕猎等千辛万苦，是否可从中观照到人在实现自我完满过程中的磨砺与考验？有些人能够经受磨难有些人则被磨难击倒和吞噬。一部分幸存的鲑鱼坚持洄游，最终凭空一跃爬上小瀑布从而回归家园，这一跃中"他们变色：嘴黄色、身子红色"，这是对人生经历磨难之后蜕变和超越自我的写照吗？新生的小鲑鱼成长后，再次向大海游去。继承父辈的事业开始又一轮与父辈们相同的生命轨迹。这应该是对生命周而复始的一种暗喻吧。

　　总之，诗歌中一个隐喻的形成，一个客观对应物的选择和呈现，都显示了诗人处理诗歌题材的能力。

刚杰·索木东的诗

> 【作者简介】
> 　　刚杰·索木东（1974—），又名来鑫华，藏族，安多卓尼人，中国作家协会会员，藏人文化网文学频道主编。甘肃省作家协会理事、副秘书长。有大量诗歌、评论、散文、小说散见于各类报纸、杂志，入选多种总结选本，获得多种文学奖励。编有《E眼藏地行·文学、诗歌卷》（主编）、《新时期中国少数民族文学作品选集·藏族卷》（副主编）等。

路发白的时候，就可以回家

我们站在草地上唱歌
天色就慢慢暗了下来
再暗一点，路就会发白
老人们说——
路发白的时候
就可以回家了

多年以后，在城里
我所能看到的路
都是黑色的
我所能遇有的夜
都是透亮的
而鬓角，却这么
轻易就白了

在青稞点头的地方

青稞点头的路口
风把四季的门次第打开
一段路在脚不能到达的地方
把零落的肋骨仔细收藏

谁的生命在浅薄之外
花一样没有理由的绽放
一双手既然选择了远方
就已经不想握起
所有雨后的苍茫
即使今夜,我将错失
所有的火种或者幸福

我知道穿越雪山需要勇气
我直待雪光漫起
然后站在一段无人能解的谜语里头
让一个又一个故事盛开得美丽无比

而谁又能给我最后的安慰
白发的尽头并排站着苍老的母亲
在梦开始增多的夜晚
我无法放牧
自己日渐减少的羊群

而青稞无法点头
青稞的生命在田野之外
今夜我只能静静地卸下头颅

然后站在光明丢失的路口
把史诗歌一样慢慢传诵

残缺的世界（组诗选二）

断手
谁能将一只断手熟视无睹
过路的人
此刻，于我的残缺
为何却会是你
闪躲的眼神

藏我于衣袖吧
藏我于，永远
无人可见的黑暗
我将于一缕血痕间
独自珍藏
有关扼腕的
所有秘密

哑言
作为人的个体
却彻底失去了
使用人类语言的
最低权利

而可耻的医学告诉我们
那是因为
先天失去了

这个原本精彩的
有声世界

而无人能知
此生，我只想
与人声鼎沸之中
独自珍藏
那颗通灵的心
和寂静苍穹下
那些真实存在的
无法言说

选自《飞天》2012年第7月期

【评析】

　　索木东的诗浸润着他对故乡的怀恋。幼年时藏地生活的滋养，藏族文化的种子长成了诗人心中的大树。如今这个栖身于城市的藏人将他的乡恋和深情用诗歌吟唱出来，其诗歌的民族特色就与伊丹才让、扎西才让等藏族诗人的诗歌有所不同。伊丹才让、扎西才让等人的诗歌，基本上保有一种藏族生活的在场感，而从索木东诗中可以看出他那植根于藏族文化的人生感悟，但又将其置于当下现代生活的观照中。民族性与现代性掺杂在一起，几乎各执一端，形成了诗歌的张力与一种困惑感。这也许恰恰是在民族性与现代性的碰撞中，具有一种时代典型性表征的诗。

　　《路发白的时候，就可以回家》首节"我们站在草地上唱歌/天色就慢慢暗了下来"是一个典型的藏族生活的场景，接下来"再暗一点，路就会发白/老人们说——/路发白的时候/就可以回家了"写时间的推移，既描绘了时间流动中草原夜色变化的自然景象，也赋予其一种象征的意蕴。它似乎表达着一种人生体验：黑暗淹没一切，但当最黑暗的时刻到来，脚下的道路会"发白"而凸显出来。这是回家的路，也是不会迷失的人生之路。这种智慧来自于"老人们说——"，指出它所具有的藏族文化的智慧，是在自然的生活状态里一种人生体验的形象化概括。诗歌

刚杰·索木东的诗

第二节写多年后城里的生活，与草原生活的自然状态形成鲜明的对比。城里的夜色都是亮的，每一条路却都是黑的。作为现代生活的真实写照，包含着一种巨大的反讽：在伪饰的生活里表面流光溢彩，实际上内在有多少黑暗、盲目和无处皈依。"白了的鬓发"喻指现代人的疲惫。

《在青稞点头的地方》的意味是多重的，而笔者更愿意把它看做诗人对理想和远方的追寻，但这种理想和远方的内涵被诗人相对明晰化为对故乡的回归和守望。当然诗歌中的故乡并非地理概念的故土，诗人赋予了它民族文化精魂的意义。"青稞"是这首诗的诗核。它是藏族人重要的食粮，和藏族人的生存密切地联系在一起。所以，青稞不仅是一个物象，更代表着诗人文化意义上的故乡，是灵魂的栖息之所，是远方，也是理想。没有了这个要守候的远方和故乡，"生命如花一样浅薄地绽放"，所以诗人说："一双手既然选择了远方/就已经不想握起/所有雨后的苍茫"，即使为此而失落了一些世俗的幸福。然后诗人不畏"穿越雪山"，不怕不被人理解，坚定地要回归和守望远方——民族文化的精魂。然而，岁月荏苒，回归和守望之途那样艰辛，"我无法放牧/自己日渐减少的羊群"何尝不是民族文化日渐衰退的写照呢？所以诗人悲伤地问"谁又能给我最后的安慰"。"青稞无法点头"意即民族文化的失落，面对这样的情境，诗人所能做的只有"卸下自己的头颅"，放逐了思想，民族文化的辉煌只能像史诗一样传唱。这首诗对坚定、无奈、失落、苍凉等交织情绪的抒发非常有感染力，另外，诗的意境比较空灵，也有多重阐释的可能。

索木东的大部分诗自然抒情，风格清新空灵，音韵和谐，有朗朗上口的音乐美。《残缺的世界》组诗则代表了诗人创作风格的变化，是一组从观照残缺的世界而得到的人生思考，简练冷言中泛着思想的光芒，有讽世的意味。《断手》引人思考，人们明明看到世界的残缺和丑陋，却又为什么不敢正视残缺下面的真相？《哑言》一诗则让人思考，有时候正因为外在的某种残缺，赋予了心灵接近世界本原的可能。

李满强的诗

【作者简介】

李满强（1975—），甘肃静宁人，中国作家协会会员，参加《诗刊》第24届"青春诗会"，入选第二届"甘肃诗歌八骏"。出版诗集《一个人的城市》《个人史》《画梦录》3部，随笔集《尘埃之轻》。获黄河文学奖等奖项。

河湾里的油菜花

把盛满蜜汁的金盏
高高举过头顶
这些春天的狂欢者
一路翻山越岭，呼啸而来

一个春天里远行的旅人
在油菜花跟前驻足，并且回头
朝故乡的方向张望
十万只蜜蜂齐声惊呼：
"瞧！我们到达了春天的心脏！"

让坚硬的风声归于沉寂吧
让清浅的流水，开始细声歌唱

油菜花！油菜花！
你一开口说话

我就把水边濯足的妹妹
认领回家

　　　　　　　　　选自《诗刊》(上半月)2006年5月

中年之境

如今，我喜欢上了晚饭后的散步
从印刷厂家属区步行到一中后门
约等于我从青年进入中年的时间
在这短暂的时光里
我将依次经过一家卖夫妻用品的药店
水果铺蔬菜摊。旧电器维修部

我似乎是在倒着走回去——

一中的操场边上
我会踌躇那些青春单薄的身影
正在课本的迷宫里踱步。有着我当年的样子
有时候我会耐心地去观察
一匹蚂蚁搬运米粒的过程
长久以来，我迷恋于天空和远处的事物
而现在，我学会了低头

偶尔会遇到一些熟人
我会微笑着和他们打个招呼
但保持着恰当的距离
对那迎面而来的仇人
我已经准备了握手言欢
并将报以善意的祝福

我常常会看到——
夕阳像一个巨大的感叹号
迅速划过西面的山顶
那些不明所以的风
正在运送着石头和星辰

选自《边疆文学》2013年第8期

死去的人如何描述他生活过的时代

转基因稻谷要高于一般稻谷；服用了激素的鱼
要大于自然生长的鱼。高铁和飞机的速度
要快于毛驴和马匹。你看他们的手
都伸到了上帝的屁股下面了。还要用核潜艇和航母
来武装越来越虚弱的真理

"大道之上，皆是歧途"
去韩国的游客，不是为了学习禅悟之道
大多是冲隆胸术和美容术而去
飞越太平洋的人，只是想印证海水的另一边
究竟是火焰，还是上帝的自由居所——

我如尘埃的一生，一直在练习悬浮术
在练习与草木牲畜为邻，与风和解
我曾在互联网上，用一天过完漫长平淡的一生
最后死于与"物"的战争。我曾用娱乐的灰烬
深深掩埋过自己

选自《草堂》（创刊号）2016年第1期

【评析】

李满强写诗是有功力的，因为他能驾驭多重情感，以与之适合的形式和风格加以表现。此处选择的三首诗在风格上有一种递进关系，从青年的热烈到中年的舒缓，以及更深刻地思考社会、时代和人的问题。

《河湾里的油菜花》将油菜花拟喻为"春天的狂欢者"，形神兼具，契合了油菜花开那种灿烂炫目、铺天盖地、声势浩大的花海之美。于此之外，诗人还再来重抹一笔，将蜜蜂采蜜的嗡嗡声比作蜂群惊呼到了春天的心脏。浓浓春意，就这样满满地占据了远行的旅人的心房。于是，那些岁月里坚硬的负累忽然就远去了，一种柔软的情绪如清浅的流水漫过心房，爱情在心中生长：那河边濯足的妹妹啊，油菜花开时，跟我一起回家吧。用一个字可概括此诗的特点：浓，花浓、色浓、景浓、情浓、意浓。

《中年之境》从"晚饭后的散步"这种人到中年的普遍的生活方式开始，写中年人生的体验。"我"开始留意到与庸常的生活相关的种种事物：夫妻用品商店、水果菜蔬摊、家电器维修部……"我"看见年轻的孩子而开始感叹青春的逝去，"我"会关注蚂蚁搬运米粒这样卑微的事物而不再如年轻时每天澎湃着理想和激情。"我"既世故也宽容，知道与人打交道的距离但也谅解了仇人。而人生到底蕴含了哪些奥秘，更是"我"中年之境里常有的审视和质疑。这首诗以一次散步的所见所思把人到中年的平实、宽容、和缓、深沉、沧桑感等生命状态真实细腻地表达出来，"具体而微"的个体生命状态映射出人到中年的普遍整体性特征。诗也因此具备了高度的概括性，不再属于一己的慨叹，而让别人亦身同感受、深有感触。

我们经常说诗与时代的关系，认为诗歌最能深入时代的内核，并反映时代的精神风貌。这是一个老生常谈的问题，指向诗怎样处理现实题材，对当下做出回应。《死去的人如何描述他生活过的时代》一诗力图对当下时代和个人生活做一透析。诗人选择了一个独特的角度——一个死去的人对他生活过的时代进行描述来与现实建立对话关系。这个角度适当拉开了诗与生活的距离，给呈现对象一段时间的回顾和提炼。前两节以"我见证"与这个时代建立关系，描绘一个金钱的、快速的、浮夸的、矫饰的、科技的、强权的、虚荣的、缺乏信仰的时代氛围；后一节以"我回顾"诉说自己的人生，渺小而不懈地挣扎希望回归生命的自然状态。然而，在物质的围剿中，在虚幻的网络体验里，在娱乐至死的空虚中耗尽了生命。就这样，每个人都从这首诗中看到了这个时代里的自己。可以说，这首诗给人的阅读经验并非是审美的。但是，这首诗中的物象如果以美的诗歌常用的诗性手法和伦理批判来进行，可能会丧失了这个时代生活的日常性，以及物象的本然性。我们不是生活在古典时代，要与现实建立有意义的对话，可能要有能力做到诗的"元诗性"，或者说不可能过多地借鉴以往的诗歌经验进行诗歌创作。这并不意味着诗缺失了诗歌性。这首诗的诗歌性存在于思想所呈现和处理过的物象中，以及独特的表现角度里。

【扩展性阅读书（篇）目】

李满强：《画梦录》，长江文艺出版社2013年版。

离离的诗

【作者简介】

离离(1978—),女,原名李丽,甘肃通渭人,中国作家协会会员,参加《诗刊》第29届"青春诗会",两次入选"甘肃诗歌八骏"。出版诗集《旧时的天空》《离歌》《离离的诗》3部。曾获《诗刊》2013年度青年诗歌奖、2014年度华文青年诗人奖、甘肃省敦煌文艺奖、黄河文学奖等奖项。

风声清浅

听一首曲子
只要看见光,都会想起您
窗上蒙着薄纱,我慢慢铺开信纸
多年了,我惯于写信的手从未如此颤抖
当我写下:让我思念的您
在黑暗中深深呼吸
也许已变成甲虫也许
正在和大地为敌
冬天里
漫天的雪花无声而落
当我写下:苍老的您
还不到几行,我又写:
流水般的您
看我在人间最低的岸上

放声痛哭

选自《星星诗刊》2011年第3期

我要的蓝

此刻，我看到的天空
假如它更蓝一些
是我想要的那种
该多好啊！我不用总这么
低头，抬头，再低头，再抬头
想要看看
它究竟有没有更蓝一些

曾经，我在那么高的地方
仿佛一伸手
就可以够着
云层中的某一朵
仿佛，就可以遇见人群中的
某一个

我曾经
离蓝那么近
而那个人，始终没有出现

这便是爱

还是那张床，只是换了新的
床单和被套

还是那间屋子，地面被反复
扫过，甚至看不见
一根掉下的
白发丝
光从窗口涌进来
照见的
还是两个人
一个70岁，在轻轻拭擦桌子
另一个，在桌子上的相框里
听她反反复复
絮叨

赞美

清晨我听到鸟叫，听见雾气打湿枯树枝的声音
听见自己在新空气里醒来
发丝上滴下小小的歌谣
——多么美
这个世界除了赞美自己，也赞美了我

以上选自《离离的诗》（诗集），甘肃文化出版社2014年版

【评析】

陆机说："诗缘情而绮靡。""诗缘情"是说诗歌缘于情感的抒发，"绮靡"则是指诗歌是美的。离离的诗抓住了诗歌的本质，以其情感动人和自然通脱的风格之美见长。

《风声清浅》一开始写思念无时无刻不在，诗人"听一首曲子"都会触发情绪。"只要看见光"一句意味着除了睡眠诗人都在深深的思念中。思念那样不可抑制，写一封信吧，"写信的手从未如此颤抖"，这句可见诗人心绪的奔涌。于是写下"让我思念的您"，接下来诗人以

"在黑暗中深深呼吸/也许已变成甲虫也许/正在和大地为敌/冬天里/漫天的雪花无声而落"表明思念的对象已经去世。"漫天的雪花"一句将悲伤弥漫于天地。于此，诗歌的情感中又融入了深深的悲痛。悲痛中的诗人也许想起了被思念者的晚景，于是写下："苍老的您"，但悲痛难耐让诗人"写不了几行"，又写"流水般的您"，因为有您的往日一如流水，而思念和悲痛又何尝不是一条河流。没有了您，她便"在人间最低的岸上"，现在，您看着她在人间的无助脆弱，放声痛哭，看着她要被思念和悲痛淹没，您却再不能回来。诗读到这里不禁让人心碎流泪。这是一首饱含真情的诗，字里行间的思念悲痛和深深的缅怀非常动人。

《我要的蓝》意境比较朦胧，"蓝"可能是一个曾经的美好物象。但时过境迁，我"低头，抬头，再低头，再抬头"，多少次的期盼和寻找，都没有回到"我想要的蓝"。诗人不禁感怀：曾经因为你的存在，我就在人世的最高处。你托举起我的世界，我的天空有最美的蓝，仿佛轻易就可以够着"云层中的某一朵"，仿佛随便可以在人群中遇见期盼的某一个。诗歌第二节的感怀写一段美好时光里一种随心骄纵的幸福感。结尾一段抒发一种怅然的情绪，呼应首节，写美好的东西已经痛失，不论怎样的怀念，"那个人，始终没有出现"。这首诗比较含蓄，更加耐人回味，它让人在一种痛失和怀念的痛感中，学会珍惜给你"想要的蓝"的人。

《这便是爱》一诗起首写洁净的旧屋，到"光从窗口涌进来"一句，光是自然环境，也照亮了诗歌的核心：这间屋子"还是两个人"，一位白发的70岁的老妇人擦着桌子絮絮叨叨地说话，而另一个听话的人就是桌子上的那张遗像。诗歌以"冷"的笔描绘一个情景，却让深情更深，痛感更痛，这便是爱。

离离确实擅写"离歌"，以上三首离歌写作的角度不同，《风声清浅》直抒胸臆以饱满的情感感染人，《我要的蓝》虚写朦胧意味悠长而令人回味，《这便是爱》以叙述话语进行描绘和抒情，情感更加节制。但三首诗都以直抵人心的文字，将"离"的痛感抒发得那样感人肺腑。

《赞美》是离离的诗歌中少见的不以"痛"而以热爱和温暖感人的作品，细腻，温润。"发丝上滴下小小的歌谣"写新生、润泽、热爱、喜悦的情绪，可谓神来之笔。"——多么美"的抒情，直抒胸臆有感染力。当你感觉世界的美好而赞叹的时候，你就是美好的世界。所以，"这个世界除了赞美自己，也赞美了我"。

离离的诗有自然通脱之美，得好诗之旨。

【扩展性阅读书（篇）目】

离离：《离歌》，漓江出版社2013年版。

离离：《离离的诗》（诗集），甘肃文化出版社2014年版。

王小忠的诗

> **【作者简介】**
> 王小忠（1980—），藏族，中国作协会员。著有诗集《甘南草原》等两部，大量诗作入选各种诗歌选本。著有散文集《静静守望太阳神：行走甘南》《黄河源笔记》两部。获甘肃少数民族文学奖、首届红豆文学小说奖等奖项。

即景

除了经幢的歌唱、细雨碎小的脚步
还有飞檐下嘀咕的鸽子、墙角处忙碌的蜘蛛
之外——
这里是寂静的

丁香开满院子
不炫耀，不争吵
经轮守护三千世界

……唯有这些野罂粟花在经堂门前兀自开放

佛从盲窗里窥视众生之秘密
佛从来不在高处，佛就在这些低矮的野罂粟花中间

原载《诗刊》（下半月刊）2013年9月

经年

许多年之前,桑多河边马兰花刚刚开放
白云飘动着,风缓缓吹着
草原青青一片。我们相约的激动流水样清澈
帐房里传来的歌声那么悠远
你笑着说,这是我们的世界,平静而祥和
今生来世都要相爱,把彼此放在最温暖的心怀
生出宽广的大海,生出蓝天的深刻

许多年之后,我们在小镇生活
墙壁一年一年暗淡着,门框不经意间也开始松动
从兰州运来的白兰瓜途经风霜
从四川运来的柑橘有了点枯皱
这些都是我最喜欢的,每次赶集你总是带些回来
它们被你浸在水里,生出隐隐晶莹
生出我心中无言的痛,感动与幸福

我们的鬓间又多出了几条花纹
梳子上的乱发也越来越多
脸盆里的影子日渐消瘦
孩子奔跑着,他在阳光下的身影越来越长
叶子青了又黄,这些健康的成熟和凋零
生出我心中隐忍的酸涩,生出藏在衰老背后的
那些不易被人发现的笑容

原载于《绿风》2008年4月

【评析】

王小忠的诗有一种安静舒缓、自然隽永的韵味。

《即景》写藏地雨天的一个画面，静谧空灵，平淡自然，也具有典型的藏地特征。诗中万物皆为自然本真状态。诗人在这澄明寂静的世界里，以静穆的观照感受到宇宙万物与自己那清寂又灵动的生命，从而悟觉到生命的秘密。应该说，这首诗是有禅境的。"青青翠竹，总是法身；郁郁黄花，无非般若。"结尾两句进一步明确禅宗的"见性说"：众生的自性本净，圆满具足；间自本性，直了成佛；只需"自身自性自度"，不需向外驰求。禅理更显，但压缩了禅意的回味空间。

　　两幅草原生活的画面，伴以和缓舒展的抒情组成《经年》这首诗。时光经年，像一条缓缓流动的河流，从青春流淌到中年。"许多年之前"是青春，是河流的上游，明净清澈；"许多年之后"是中年，河流的中游，浑厚、宽阔、沧桑、包容。日子就是这样安静、温暖又有隐痛而流过。浪漫的爱情成为相濡以沫，走向衰老的喟叹里看到孩子们的成长。用不再轻狂却宽慰沉稳的笑容面对经年，此为生活。这首诗以诗味浓厚见长，安静舒缓的抒情笔调，自然疏淡的画面感，打动读诗者的心。

附录：叶淑媛的诗

冬日黄昏

季节的、日子的光辉都已经暗淡
风中颤抖着零星的玉米秆
大地裸露静穆
白色的风凛凛盘桓

村庄向阳的坡上　墙根下
闭目闲坐的老人
落尘的皱纹委顿为安然
生命尾声的返璞归真——
此刻　一种荒凉的静谧

远远近近地　驳杂着的一些往事
所有冬日里安静下来的人
听见了内心的黑白
它和岁月纠缠在一起

于这冬日黄昏
面对落日的一次感怀
在一抹微笑中
宽宥了原本令人嚎啕的尘世

【评析】

叶淑媛的《冬日黄昏》，让人感受到诗的某种特有的力量。人只有身处孤独，才能感受到天地的可亲，感触万事万物的奥秘和对人事人性的悲悯。诗中无处不在地充满了黑白画面：墙根下的孤独老人、曲线凝滞的落尘皱纹……诗人眼里，一切景物都是放大的，也是缩小的。生命只有用荒凉的静谧，才能反衬出厚重，那些黑白分明的背景中，也唯有沉默，才能显现出万物的轮廓。也只有在黄昏，人们才吝于言说，因为不久后，尘归尘，土归土；因为黑夜将至，那些安静下来的人们，不再期盼那些黑暗中的相逢，而是细数过往生命中的每一段往事，原谅一切，宽恕自己，"在一抹微笑中/宽宥了原本令人嚎啕的尘世"。

这是一种勇气，即里尔克诗中"落在日规上的阴影"，对即将融为一体的大自然充满崇敬，但又保持了自身的独立。

一切的言说，止于沉默。

（评析者：小箭）

父亲的老院

老院荒草丛生
其实父亲每天拖着迟缓的脚步
从明亮的新居走来这里劳作
春天给韭菜大葱松土
夏天给豆角黄瓜搭架
秋天打核桃摘花椒
冬天也来　听听风声

院里的荒草长得真快
父亲挡不住草的生长
他劳作的动作缓慢
而且　大多时候

附录：叶淑媛的诗

坐在梨树下发呆

有不多的几次
陪父亲在老院劳作　谈谈家长里短
有一次　父亲说
在老院就想起
母亲和我们这些娃娃
围着他叽叽喳喳
我别过头忍住眼角的泪
父亲的泪
流在了笑着的皱纹里

我想陪父亲常在老院拔草
不过
大多时候
他一个人在老院里
荒草噌噌长着葳蕤

那年春天
父亲永远别离老院
从此
故乡没了我的家园
韭菜大葱豆角黄瓜也没有了地盘
核桃花椒梨自己结果自己坠落

老院荒草萋萋
天空时常很蓝
我仰望白云　听风吹过
想拔起一把荒草
却在草丛里放声痛哭

【评析】

  这是一首又淡又浓的小诗。说它淡，淡淡的意象，淡淡的细节，淡在诗境；说它浓，浓浓的亲情，浓浓的悲痛，浓在诗情。对亲情描摹、故土眷恋是人类共同而永恒的主题。远离故乡的游子、失去亲人的孩子，无论身处何方，对家园对父母的依恋和怀念永不停歇。叶淑媛的亲情诗，通过一系列普通画面和细节描摹，把失去父亲的女儿、飘泊在外的游子情感浓缩在简短的六节诗里，读罢，让人唏嘘不已。

  不管春夏秋冬，父亲都和老院和菜园为伴，"冬天也来/听听风声"。在他心中，新居虽高大亮堂，却没了老院的温馨回忆：那些老妻留下的印迹，孩子们"围着他叽叽喳喳"的场景；那些韭菜、大葱、黄瓜的陪伴，梨树下的发呆；一个勤劳善良、热爱家人、对旧时光念念不忘、孤单寂寞的老人形象呈现在人们眼前。

  诗人擅长用可观可感的具象来描述抽象的主观感受。诗的中部，我和父亲，父亲和老院，我们和老院里的荒草，构成一幅和谐的亲情图，渲染着虽有缺失但也温暖的亲情。

  接着笔锋一转，"那年春天/父亲永远别离老院/从此/故乡没了我的家园"，"核桃花椒梨自己结果自己坠落"，时间的推移摇落了亲人的背影，别离的痛苦缠绵着故乡的轮廓，对比的手法衬托出无限的悲凉。和千千万万个怀念父母的人们一样，作者无法遏制悲痛，直抒胸臆，"我仰望白云/听风吹过/想拔起一把荒草/却在草丛里放声痛哭"。结句景象迁移、情绪突变，其情由悲而痛，其思由隐而显，浓似血的思念升华出无限的悲怆，将情感推向极致。

  综观整首诗，作者将意象的选择与情感的深沉巧妙融合起来，画面淡雅自然，细节动人心魄，意境深邃悲凉，情感朴素浓烈，语言朴素优美，具有震撼人心的力量，能引发人们强烈的情感共鸣。

（评析者：高丽君）

时光之镜

那时
大地在天空的开阔处
鸢尾花遍开天涯
我们时常策马荒野、河流
从来没有因为一个人的远离
空落和忧心

可是　这些年
天空遥远
人群熙攘里
各色花开满我们的院子
我们总被炫目吸引
原野的鸢尾花啊
静静地开着
却没人留意它的容姿

渐渐地　我举目陌生
从来不会因为一个人的亲近
哪怕被世界捧在手心
而有饱满的心灵

疲惫于心
寻一面时光之镜
挽己于形容憔悴

或者于一个黄昏
去鸢尾花开遍的湖岸

月色照彻远处的峰影
我用亲切的眼神　看你
一次比一次熟悉

或者于一个午后
停留于一条河流
静穆的原野有鸟儿飞起
蓝色的花怒放在天空里
我用纯净的眼神　看自己
一次比一次熟悉

然后　闭目
看见了世界原有的天真

【评析】

　　时光的神奇之处在于，借助世间的真实烙下其虚幻的身影。从容行走的时针，有板有眼的日历，兴奋与无奈共生的万物荣枯。而真正与时光完美交融的则是我们的心魂，同样触不可及但又无比真切。时光之镜，心灵之像，叶淑媛以诗意的方式为我们锻造了人生镜像的真实图景。

　　这是一首好读的诗。叙事脉络清晰，画面感强。词语好似阳光从指缝中流过，既清晰可见，又蕴藏无限的想象。词语与词语生成的细节，可让我们轻易进入，从容感受，然而我们又察觉到某种深邃。这是因为诗人从中国诗的意境中走来，细节性的画面，是生活的映射，更在丰富和建构意象，饱满诗歌应有和特有的意境。

　　这是一首有意味的诗。在意境的原生性土壤里长出的诗歌之树，散发着浓郁的现代气息。当我们不安的时候，思绪才能抵达内心，人生的某些东西才能澄明。诗人以时光为镜，清理心灵，寻找人生跋涉的起点，回味那久染尘埃的初心。时光为镜，流动的身影因此而瞬间凝固，让我们的灵魂在喘息的同时做一些极有必要的思考。

　　这是一首可供我们在诗歌内部和外部同时进行追问和考量的诗。当

附录：叶淑媛的诗

代诗歌仍处于野蛮任性的成长期，拥有广阔的世界、强劲的生命力以及眼花缭乱的收获与成就。然而，我们常常既消化不了外来的力量，又在萎缩我们原本的肌体。遍地的喧嚣，掩盖了"我们诗歌"的痛苦呻吟。许多时候，现代诗歌的意识只是在雕刻我们当下的诗人，而非滋养。我们同样需要时光之镜来回味诗歌的成长，找回和整理诗歌的灵魂，优化诗歌的生命行走。

（评析者：北乔）

后 记

　　编选这样一部诗歌选评形式的书,并非一件容易的事,也不是一件讨巧的事。要阅读甘肃众多诗人的大量的诗歌,要根据我的诗学观,如本书前言所说诗歌有无诗歌精神和审美韵味的标准来精选诗作,然后写出每首诗歌的评析,付出了大量的时间和心血。为什么还要做这件事?仔细想来,首先,是基于对诗歌的热爱。中学时代就喜欢读诗,由于条件所限读不到太多的书,但经常抄写一些自己喜欢的诗也是常有的。偶尔也涂鸦几首,但我最终没有将诗歌创作作为主业,然多少有些诗心吧。多年的忙碌中,经常抽空品味几首诗,心就能安静下来,感受到诗歌对心灵的滋润,也会获得一种灵性,为我的文学教学和科研工作提供启迪。而更重要的是希望在当下诗作泛滥、良莠共存的诗学现场,提供给读者一个精品集,并以自己的诗歌经验和理性思考给读者提供一种阅读诗歌的视角。这是我编纂本书的主要动力。但这本书却断断续续进行了三年之久,因为诸事牵扰、工作以及学业压力,深感精力不济之苦。现在终于完成了,有如释重负之感,也有一些喜悦。

　　在这个过程中,得到我校王源教授、金生翠副教授的帮助和支持,我们三人经常一起讨论交流,最终促成了这部作品,和甘肃当代文学作品精选与研究丛书(共三册)。也得到了诗人们的支持,非常感谢你们,因为热爱诗歌,我们有了心灵的沟通,从而为这个世界也赋予了诗意。感谢我的导师兰州大学的程金城教授,他看过这部书稿,表示肯定,给了我勇气。感谢鲁迅文学院第二十六届作家(文学评论)班同学文学评论家北乔(朱钢)、高丽君、普布昌居、小箭(郑建)、燕尔(王彦),因为喜欢诗歌将我们联系在一起,我们经常一起谈论诗歌的问题,他们给了我许多有益的启发。感谢兰州大学的杨建军副教授、三峡大学的张慧敏副教授,多年的同学也都喜欢诗歌,他们支持我做这样一本选评集,让我获得了价值感。总之,诗歌不可抗拒的魅力和力量,

后 记

让爱诗者常有话要说。最后，感谢本书的责任编辑张水华女士，她的认真和高度的专业素质，为本书增色不少。

本书肯定存在许多不足之处，请方家指正。

最后，我想说，好诗是对心灵世界的一种牧养。它对我的召唤，我也希望是对人们的召唤。就用美国诗人弗罗斯特的《牧场》作结：

我要出去清理牧场的水泉
我去那儿只为了耙走树叶
（等着看水恢复清亮，也许）
我不会去太久——你也来吧。

我要去带回那头小牛犊子，
它站在母亲旁边那么幼小，
母亲舔它一下都踉跄欲倒。
我不会去太久——你也来吧。

叶淑媛
2016年7月21日